经典文学名著

JINGDIAN WENXUE MINGZHU

中国民间故事

ZHONGGUO MINJIAN GUSHI

高　山　主编

青岛出版集团 | 青岛出版社

图书在版编目（CIP）数据

中国民间故事 / 高山主编 . — 青岛 : 青岛出版社，2019.9

ISBN 978-7-5552-8612-7

Ⅰ . ①中…　Ⅱ . ①高…　Ⅲ . ①民间故事—作品集—中国　Ⅳ . ① I277.3

中国版本图书馆 CIP 数据核字 (2019) 第 204503 号

ZHONGGUO MINJIAN GUSHI

书　　名　中国民间故事
主　　编　高　山
出版发行　青岛出版社
社　　址　青岛市海尔路 182 号（266061）
本社网址　http://www.qdpub.com
邮购电话　0532-68068091
策　　划　马克刚
责任编辑　孙　慧
封面设计　余　微
印　　刷　鸿鹄（唐山）印务有限公司
出版日期　2019 年 9 月第 1 版　2023 年 3 月第 5 版第 7 次印刷
开　　本　1/16（710 mm × 1000 mm）
印　　张　14.5
字　　数　170 千
书　　号　ISBN 978-7-5552-8612-7
定　　价　29.80 元

编校印装质量、盗版监督服务电话　4006532017　0532-68068050
建议陈列类别　少儿

走进名著

一般来说，中国民间故事包括神话故事、民间传说、生活故事等。这些故事从现实生活出发，运用生动的语言和丰富的想象力吸引读者，用曲折的情节增添趣味，用意外的巧合引发思考。中国民间故事篇幅不长，看似简单的故事往往蕴含着亘古流传的朴素道理：心存善念、勤劳节俭、孝敬父母、诚实守信、坚守原则、乐于助人等。

在长期广泛采集、选择、流传、讲述的过程中，中国民间故事不断地丰富发展，经过被不断地打磨、加工，最终成为脍炙人口、耳熟能详的经典佳作。

《仓颉造字》让我们看到了先祖卓尔不群的创造力，《苏武北海牧羊》让我们感受到苏武不畏强权、崇高的爱国气节，《李寄斩蛇》让我们明白在面对生活中的挫折和困难时要乐观勇敢，《牛郎织女》《梁山伯和祝英台》则让我们看到男女之间真挚的爱情。

从中国民间故事里，我们可以看到古代人勤劳、善良、勇敢、团结、孝顺、清廉、勇于牺牲的优秀品质。阅读这些中国民间故事，不仅可以增加基础知识和独立思考的能力，更能培养优秀的道德品质，在传承我国传统民族文化、拓宽思维角度、开拓文化视野等方面起着积极作用。

本书精选了65则经典的中国民间故事，并在文中附加名师解读、精简点评等内容，帮助学生理解这些蕴含中国悠久文化的故事，提高阅读效果。

故事大纲 GUSHI DAGANG

幻想化民间故事

· 幻想故事

· 秦始皇见海神：信守承诺的重要性

· 李寄斩蛇：表现了李寄的勇敢和聪明才智

· 田螺姑娘：告诉我们“知足常乐”的道理

· 彭娥诉怨：塑造了一个英勇果敢、不惧威胁的女性形象

· 鲁班学艺：兴趣是最好的老师，专心钻研，才能获得最终的成功

· 牛郎织女：折射出中国古代劳动人民对爱情的忠贞不渝

· 济公抢亲：我们应该站在理性的角度去分析事情

· 神笔廉广：一个人的才华应该用在正确的事情上

· 崂山道士：学习本领切忌好逸恶劳，不肯吃苦

· 白蛇和许仙：世间所有的事物都有其正反两面

· 柳毅传书：体现了包办婚姻的黑暗

· 动物寓言

· 凤栖梧桐：展现出小鱼和凤之间深厚的友谊

· 牡丹被贬洛阳：真金不怕火炼，是金子到哪儿都能发光

· 红石山：做过的一切坏事，终有一日会得到报应

生活化民间故事

· 生活故事

· 刘关张三结义：我们应该心怀天下，为社会做贡献

· 苏武北海牧羊：不忘初心，方得始终

· 华佗的故事：学习华佗认真勤勉、悉心钻研的学习态度

· 周处除三害：我们应该时刻保持谦卑，并且要做一个正直的人

· 苏小妹三难新郎：灵感对人的启发是很重要的，多听取他人意见

· 刘罗锅智告贪官：揭露了和珅贪婪的本性

· 盗亦有道：讽刺了那些道貌岸然的伪君子

· 生活寓言

· 东郭先生和狼：不要是非不分、毫无原则地怜惜坏人

· 聪明的阿凡提：阿凡提是个不畏强权、替百姓说话的人

· 两兄弟打赌：记住自己最初的目标，坚持下去

· 隐身草：不要因为钱财失去理智

目录 CONTENTS

仓颉造字

黄帝是中国远古时期部落联盟的首领，在他的部落中有一位叫仓颉的史官。仓颉自幼聪颖，勤于思考，善于观察，擅长绘画。因为当时的结绳记事麻烦而且容易出错，仓颉为解决这个问题，就想用一种新的记事方法来取代结绳记事。后来，仓颉通过观察龟背上的花纹和鸟儿留在地面上的足迹，并巧妙地将两者结合起来，创造出了中国最原始的文字。

叙述

通过叙述可以看出，仓颉因为结绳记事的烦琐而产生了发明一种新的记事方式的想法，并将其想法付诸行动。

汉字由横竖等不同的笔画构成，可以表示不同的意思。此后，人们的生产、生活都可以通过文字记录下来，许多故事和道理也可以通过文字表达，不同物品也可以通过文字来区分。

精简点评

仓颉因为结绳记事的烦琐，而萌生出创造一种更为简便的记录方式的想法。随后，他通过观察龟背的花纹以及鸟儿的足迹，将两种方式相结合，创造出中国最原始的汉字。这种新型汉字的发明，标志着人类步入文明的进程，因为信息的传播及历史的传承需要通过文字来承载。由此可见，这一发明的意义是何等重大。

佳词美句

仓颉　聪颖　足迹　龟纹

仓颉自幼聪颖，勤于思考，善于观察，擅长绘画。

仓颉通过观察龟背上的花纹和鸟儿留在地面上的足迹，并巧妙地将两者结合起来，创造出了中国最原始的文字。

此后，人们的生产、生活都可以通过文字记录下来，许多故事和道理也可以通过文字表达，不同物品也可以通过文字来区分。

阅读思考

1. 黄帝是谁？
2. 仓颉为什么要造字？
3. 仓颉从哪里得到灵感，并造出了中国最原始的文字？

孙叔敖埋两头蛇

春秋时期，在楚国期思（今河南淮滨东南）的村庄里，有一个叫孙叔敖的少年。他淳朴善良、聪慧勤劳、乐于助人。

人物介绍

文章开头对人物进行了简要的介绍，为下文做铺垫，让读者对人物有更加清晰的认识。

有一年夏天，天气极其闷热。因为长时间被火辣辣的太阳晒着，许多村民中暑。听到大家躺在床上痛苦的呻吟声，孙叔敖心里很难过，就想帮助村民们渡过难关。他苦思冥想，突然想起曾经在药书上看到的一种草药能够消热解暑，而这种草药就长在村庄旁边的山上，自己去山上采草药回来试一下就知道是否真的有用。

说干就干，孙叔敖带上挖草药的工具立刻向村庄旁的高山出发。

山路蜿蜒陡峭，孙叔敖沿着崎岖不平的山路寻找草药。经过不断地搜寻，他突然发现要找的草药就在不远的大石头旁。孙叔敖欣喜地奔向草药，此时只听“嗖”的一声，突然从附近的灌木丛中蹿出一条蛇。孙叔敖定睛一看，这条蛇居然有两个头，两个头不断地吐着火红的舌信。

看到这个场景，孙叔敖心中顿生凉意：“居然是两头蛇！”同时他想起村里老人的话：两头蛇是灾祸的象征，看见它的人当天必死无疑，活不到第二天。

心理描写

通过对孙叔敖的心理描写，可以看出他在看到两头蛇之后，联想到老人们的传言，以此为下文孙叔敖的举动做铺垫。

孙叔敖方寸大乱，立刻转身就跑，没跑几步他又停了下来，心想：“既然看到两头蛇要死，那跑还有什么用呢？死都要死了，不如打死这条两头蛇，省得再让别人看见它。对！一定得打死这条两头蛇！不能再让它害别

动作描写

可以看出孙叔敖在危急时刻沉着冷静，展现出他英勇无畏的一面。

人！”他集中精神，攥紧手中的锄头往回走。

此时，两头蛇正昂着两个三角形的脑袋盘在原地，吐着红红的舌信子逞威风。孙叔敖冲上前去，狠狠地挥起锄头砍向两头蛇，没几下，蛇就被打死了。他又赶快挖了个坑，把蛇深埋，转身挖出一大把草药就飞奔下山。

孙叔敖将熬好的草药分发给村民。村民们喝了草药，中暑的症状很快消除了。看到村民们康复了，孙叔敖很高兴。但是一想到自己当天就会死去，不禁伤心起来。妈妈看到孙叔敖闷闷不乐，便询问缘由，孙叔敖将事情的来龙去脉告诉了妈妈。

名师解读

此处描写表现出孙叔敖在听了母亲的安慰以后，内心释然，但也因自己的无知感到羞愧。

孙妈妈听完欣慰地说：“好孩子，凡事为他人着想，你的做法是对的。但是你想想这世上哪有什么看一眼就会死人的恶物呢？所以你不用担心。”

听到妈妈这么说，孙叔敖仔细一想，心中的石头也落了地，想起之前的担忧，不好意思地笑了。

精简点评

有一年夏天，村子里有许多村民中暑，善良的孙叔敖决定去山上采草药为大家治病。可是在采草药的过程中，他遇到了一条两头蛇，想起村庄里的老人说过遇到两头蛇是不祥之兆，见过它的人当天就会死。因此，孙叔敖决定亲手杀死两头蛇，以免它再祸害别人。孙叔敖治好了村民们中暑的症状，但他也因为害怕老人说的话会应验而闷闷不乐。在母亲的一番提点后，他才意识到“看见两头蛇就会死”的说法纯粹是无稽之谈。通过这个故事我们可以看出孙叔敖是一个十分善良正直的人，他为了救村民甘愿奉献自己的生命，这是一种十分可贵的精神。

佳词美句

乐于助人　苦思冥想　蜿蜒陡峭　崎岖不平　方寸大乱　来龙去脉

春秋时期，在楚国期思（今河南淮滨东南）的村庄里，有一个叫孙叔敖的少年。他淳朴善良、聪慧勤劳、乐于助人。

他苦思冥想，突然想起曾经在药书上看到的一种草药能够消热解暑，而这种草药就长在村庄旁边的山上，自己去山上采草药回来试一下就知道是否真的有用。

孙叔敖方寸大乱，立刻转身就跑，没跑几步他又停了下来，心想："既然看到两头蛇要死，那跑还有什么用呢？死都要死了，不如打死这条两头蛇，省得再让别人看见它。"

阅读思考

1. 孙叔敖是一个怎样的人？
2. 孙叔敖去山上采草药的目的是什么？
3. 孙叔敖回到村子以后为什么会闷闷不乐？

孟姜女的传说

相传秦朝时，有两个老汉，一个姓孟一个姓姜，他们两家一墙之隔互为邻居。一年春天，孟老汉不知从哪里得到了一颗神奇的瓜种，他将瓜种种在自家院墙边，每天悉心浇水、施肥，瓜种长得很快，不久就发芽了，而且瓜藤居然顺着墙长到了隔壁的姜老汉家，并在姜老汉家的墙头上结出一个大大的瓜。看到瓜熟了，姜老汉叫来孟老汉一起分瓜，打开瓜一看，里面居然有一个白白胖胖的女娃娃，两家协商共同养育女娃娃，于是给她取名“孟姜女”。

叙述

这里通过叙事引出文章的主人公——孟姜女，由此可见孟姜女出生之传奇。

孟姜女在孟、姜两家的悉心照料下慢慢长大。附近的乡亲都知道孟姜女聪慧善良，精通琴棋书画，对父母也是恭敬孝顺，是个难得的好姑娘。父母将她捧作“掌上明珠”，乡亲们更是对她喜爱有加。

此时，秦始皇为巩固统治修建长城，由于修建长城的人手不够，便派官兵四处去抓壮丁。这天，一个叫范喜良的书生正走在路上，碰巧遇见抓壮丁的官兵，他慌不择路，立刻翻过旁边的院墙，躲在了墙边的葡萄架下。这里正是孟家的花园，这时孟姜女恰巧在花园中赏花。孟姜女看见躲在葡萄架下的范喜良，惊恐得正要喊叫，范喜良见状立即从葡萄架下钻出来，冲着孟姜女鞠躬告饶：“这位小姐，请别喊，外面的官兵在抓修长城的壮丁，我是不得已才冒犯了小姐，还请小姐不要喊，救救我。”

名师解读

秦始皇为了修建长城，下令抓壮丁前去服役。范喜良为了逃避追捕，来到孟姜女家的花园，由此引出了两人的一段奇缘。秦始皇虽说有着一统天下的功名，但大兴土木，让百姓们深受其苦。

孟姜女听到这儿，想了想，没有喊叫，救下了范喜良。她细细打量范喜良，只见范喜良眉清目秀，白白净

名师解读

范喜良因为躲避抓捕，与孟姜女相识相知，两人之间浓厚的情愫让他们很快地步入婚姻，通过故事的叙述可以看出在那样一个年代，两情相悦是极其珍贵的。但由于当时的社会背景，让两人的自由婚姻从一开始便蒙上一层悲剧的阴影，为文章后续的悲剧走向进行了铺垫。

净，彬彬有礼，心中不禁生出爱慕之情。孟老汉见范喜良外表忠厚，一表人才，也就同意将他暂时藏在家中。范喜良早就听说过孟姜女，但是没有机会相识，更没有想到这位素不相识的小姐就是孟姜女。范喜良藏在孟家的这些日子，和孟姜女朝夕相处，日久生情。孟家和姜家见两个人情投意合，就选了个黄道吉日，邀请亲朋好友，街坊邻里，举办婚礼，让两人成了亲。

世事无常，两人刚成完亲，突然有一天，家中闯进一群官兵，不由分说地押着范喜良就走，范喜良还是被抓去修长城了。

此去凶多吉少，每当想到这些，孟姜女就止不住地掉眼泪。她天天哭，日日盼，春去秋来，不但不见人回来，而且连信也没有传回一封。想到范喜良被抓走时只穿着单薄的衣服，现在转眼就是冬天，孟姜女很是担心。她连夜为丈夫缝制冬衣，准备送到修长城的工地去。孟姜女的父母看到她如此执着，不好阻拦，也就同意了她的决定。

孟姜女收拾好行李，告别父母，踏上了北上寻夫之路。她一路向北，翻过一座座高山，蹚过一条条溪流。一路上，她经受了数不尽的风霜雨雪，翻越了无数险山恶水，她不喊苦不喊累，不掉一滴泪。饿了，随便啃几口自己带的干粮；渴了，喝口路边河里的水；累了，坐在路边歇一会儿，然后鼓起劲头继续赶路。

心理描写

通过孟姜女的心理描写可以看出她对寻找丈夫这件事有着十足的决心，以此更加能衬托出孟姜女对范喜良深厚的情感。

途中，她向砍柴的老伯伯问路："这儿离修长城的工地还有多远？"老伯伯说："长城修在幽州的北面，幽州离这里还很远。"听完，孟姜女心中暗暗决定："长城就算在天边，我也要找到它，找到我的丈夫！"

不论刮风下雨，孟姜女都没有停下过脚步。这天，她走在一片荒郊附近，此时天色已黑，她又困又累，看见不远处有座破庙，就直奔破庙而去。在破庙中四处立着凶神恶煞的神像，看着让人十分害怕，但此时孟姜女顾不上这些，找了一个墙角，坐下就睡着了。夜里她做了个梦，梦见在温暖的家中，她正在和丈夫看书作诗，突然听见刺耳的砸门声，一群凶恶的官兵闯了进来。她不由得惊醒了，仔细一看，原来是风将破庙的门窗吹得乱响。看着将明的天色，她叹了口气，便又坚定地拿起行李继续赶路。

有一天，孟姜女走在路上突然觉得浑身发冷，她想坐下来缓一缓，可刚一坐下来，她就昏倒在了路边。等她醒过来时，发现自己躺在村民家的床上。村里的大娘给她熬药做饭，悉心照料。她心中感激不尽。她刚感觉身体好一些了，就想爬起来继续赶路，大娘流着泪阻拦她说："好孩子，我知道你着急，想尽快找到你丈夫，但是你的病没有好，我怎么忍心让你这么走。你看看你的脚，血肉模糊，成了什么样儿！"

孟姜女低头看了一下自己的脚，伤痕累累，完全不成样子了。没办法，她不得不又在大娘家住了两天，病还没有完全好，就准备出发了。老大娘边哭边念叨："多好的媳妇呀！苍天呀，你行行好，让他们夫妻团聚吧！"

经过千辛万苦，孟姜女终于走到了修长城的工地。

她挨个问修长城的民工："您知道范喜良在哪里吗？"问了很多人，大家不是说不知道就是摇摇头。终于，她问了很多人后，辗转打听到一个邻村的老乡也在这里修长城。邻村的老乡见到孟姜女，立刻领着她找和范喜良一起修长城的民工。

见到这些民工，孟姜女立刻问："各位大哥，你们和范喜良一块修长城吗？"

阅读笔记

语言描写

通过对老大娘的语言描写可以看出孟姜女的执着已经感动了周围的人，他们也在为孟姜女的这份真情而祈祷，期盼夫妻二人能早日团聚。

大伙说：“是！”

“那范喜良呢？我怎么没有看见他？”大伙支支吾吾的，都不敢吭声。

看到这个情景，孟姜女心中有一种不好的预感。大伙你看看我，我看看你，见瞒不过了，只能如实说：“范喜良上个月因为又累又饿已经死了！”

“那他的尸体呢？”

大伙回复说：“因为死的人太多，埋起来太麻烦，工头就叫埋到长城里头了！”

语言描写 这里通过语言描写可以看出秦始皇此次修建长城累死饿死了非常多的壮丁，凸显出工程的浩大，以及封建帝王的残酷。

大伙刚说完，孟姜女就一边失声痛哭，一边用手不断地拍打着长城。

她悲痛欲绝，连着哭了三天三夜。哭得在场的民工也为之落泪；哭得天地无光，日月变色；哭得寒风悲号，海水荡波。

哭着哭着，孟姜女不断拍打的长城突然开始坍塌，裂出一条大缝，露出一个血肉模糊的人，孟姜女定睛一看，正是自己朝思暮想的丈夫范喜良。孟姜女终于见到了自己的丈夫，她的眼泪不断地滴在丈夫血肉模糊的尸体上，但范喜良再也无法睁开眼睛看孟姜女一眼了，他没有了气息，已经永远离开了人世。

孟姜女死死守着丈夫的尸体，不愿离开，她不停地哭，哭得死去活来。她的哭声感动了老天，使老天也流下了感动的泪水——滂沱大雨倾盆而下。泪水夹杂着雨水汇成山洪，冲击着长城，最后把长城冲垮了。

叙述 通过此处的叙述可以看出孟姜女对丈夫的情感已经感动了上苍，天降洪水来抚平孟姜女内心的创伤。

精简点评

孟姜女因为害怕修长城的丈夫挨饿受冻，想给丈夫送冬衣，历经千辛万苦去寻找范喜良，可当找到他时，范喜良因为修长城过于劳累已经死了。痛苦万分的孟姜女守在丈夫的尸体前迟迟不愿离去，最后感动了上苍，上苍降下一场暴雨冲塌了长城。通过这个可歌可泣的故事可以看出古代社会中统治阶级的残酷，君王为了自己的功名，让百姓深陷于水火之中，置百姓的生死于不顾。

佳词美句

凶神恶煞　支支吾吾　朝思暮想　掌上明珠　朝夕相处　情投意合

一年春天，孟老汉不知从哪里得到了一颗神奇的瓜种，他将瓜种种在自家院墙边，每天悉心浇水、施肥，瓜种长得很快，不久就发芽了，而且瓜藤居然顺着墙长到了隔壁的姜老汉家，并在姜老汉家的墙头上结出一个大大的瓜。

此去凶多吉少，每当想到这些，孟姜女就止不住地掉眼泪。她天天哭，日日盼，春去秋来，不但不见人回来，而且连信也没有传回一封，想到范喜良被抓走时只穿着单薄的衣服，现在转眼就是冬天，孟姜女很是担心。

夜里她做了个梦，梦见在温暖的家中，她正在和丈夫看书作诗，突然听见刺耳的砸门声，一群凶恶的官兵闯了进来。她不由得惊醒了，仔细一看，原来是风将破庙的门窗吹得乱响。

阅读思考

1. 秦始皇为什么要抓壮丁？
2. 从这个广为流传的民间故事中你受到了什么启发？

秦始皇见海神

名师解读

海神拿出赶山鞭来帮助秦始皇实现心愿。石头们在海神的鞭策下走向海边，上面都渗出鲜血，从这里可以看出海神的残忍，也侧面反映了统治阶级为了达到自己的目的不顾民众的死活。

相传，有一年秦始皇东巡时，站在东海边，突发奇想：太阳从东方升起，如果从这里修建一座长桥，连接到太阳升起的地方，我就可以每天看到太阳升起的壮观场面了，那样该多好！

住在海里的海神知道了秦始皇的心愿，就想帮他完成心愿。海神有一条“赶山鞭”，这是一条很神奇的鞭子，只要轻轻一甩，附近所有的石头就会自动地立起来并向东海边跑去，自发垒成一片石塘。海神想加快速度，就在石头后面不停地抽打，鞭子狠狠地甩在石头上，石头们都渗出了鲜血。

如今，在城阳山依旧能看到当年石头流血的痕迹，石头呈红色且直立着向东倾斜，像是往东边赶路奔跑的样子。

秦始皇知道海神赶石的事情后，为表达对海神的感谢，就向上天祈愿，希望能够见海神一面，以便当面道谢。

海神知道秦始皇希望见面的要求后，答复说：“我长得丑陋，如果你答应我，我们只见面，不把我的模样画出来，我就出来见你。”

秦始皇爽快地答应了海神的要求。他们相约在造石桥的地方，也就是向石塘走三十里的地方见面。

见面后，秦始皇和一众官员发现海神长得确实很丑，因为事前有过承诺，秦始皇身边的官员都没有将海神的相貌画下来。可是有一位官员见到海神，想偷偷地记录下来海神的样子，便将他的样貌用脚在地上画了起来。

海神发现了这位官员的举动，他生气地冲着秦始皇

阅读笔记

喊道："你不信守承诺，请你离开，速速离开！"

秦始皇很意外，但看到海神发怒，不得不转身离开，他飞速向岸边跑去，刚跑到岸边，就听见"轰隆隆"的声音，原来的石塘全塌了。除了那位偷画海神的官员没有逃出来，其他人都安然无恙。

> **叙述**
> 偷画海神的官员违背了之前的承诺导致海神大发雷霆，随之摧毁了石塘，由此可见信守承诺的重要性。

而那三十里的石塘全都被海水淹没。

海神很生气，便不再帮秦始皇赶山，因此石桥也没能完成。

如果现在你去东海边的话，会看见石头都是向东倾斜的。据说，那就是海神赶山留下的痕迹。

精简点评

通过这个故事我们可以看到海神的内心也有脆弱的一面。由此可见，能力再强的人也有自身的弱点，还有更为重要的一点就是，人一定要信守承诺，否则将会为此承担严重的后果。

佳词美句

信守承诺　安然无恙　痕迹　轰隆隆　祈愿

秦始皇很意外，但看到海神发怒，不得不转身离开，他飞速向岸边跑去，刚跑到岸边，就听见"轰隆隆"的声音，原来的石塘全塌了。

阅读思考

1. 文章中秦始皇有什么样的心愿？
2. 海神帮助秦始皇做了哪些事情？
3. 海神知道秦始皇的官员违背承诺后有何反应？

刘关张三结义

叙述

这里将社会背景做了简要的介绍，以此为后续故事的开展做铺垫。

东汉末年，国家衰败，汉灵帝听信宦官谗言，奸臣当道，政局不稳，民不聊生。汉灵帝光和七年(184)巨鹿张氏兄弟张角、张梁、张宝组织贫苦农民发动起义，他们头戴黄巾，号称黄巾军。朝廷为镇压黄巾起义，在全国发布告征集民兵。

此时在涿县，年纪轻轻的刘备也看到了布告。刘备原是中山靖王刘胜的后人，汉景帝的玄孙，他胸怀大志，身高七尺有余，两个耳朵垂到肩上，两个手臂很长，长相十分特殊。刘备虽然不喜欢读书，但是性格温和，内敛稳重，不喜形于色，喜欢广交天下英豪。刘备看着布告，叹了口气，耳边传来一个声音：“堂堂男子汉不参军报国，却在这儿叹气?”刘备顺着声音望去，只见一个人留着浓密的胡须，身材魁梧高大，声音洪亮。刘备见此人身形特殊，便询问其姓名。来人自报家门，此人名叫张飞，字益德，在涿郡世代居住，平时靠种田、卖酒、杀猪等为生，他也喜欢广交天下英豪。相识后，刘备便向张飞说出自己叹气的原因，原来刘备看到有黄巾军造反，想出力报国，但是有心无力。张飞一听便说：“这有何难，我还有些钱财，我们可以一起召集乡里的精壮青年去参军报国。”刘备听了欣然同意。随后，他们便找了一个酒馆商讨后续的事情。

前后呼应

前后呼应，由此可以看出张飞是一个心怀天下的大丈夫。

刘、张二人正在酒馆喝着酒，看见一个大汉推着车走进酒馆歇脚，大汉叫店里的小二上些酒菜，说他吃完要去参军。刘备细细打量这个大汉，只见此人身高九尺，胡子长二尺，相貌堂堂，威武霸气。刘备便邀请他一同喝酒，闲聊中得知此人名叫关羽，字云长，因在家乡犯案，逃至涿县五六年了，今天看到布告招兵，专门前来报名参军。刘备一听，告诉关羽他们也有参军报国的想法，三人一拍即合，随后便到张飞的家里继续商量参军的事情。

阅读笔记

张飞的家里有一个桃园，此时桃花繁盛，三人越聊越投机，张飞提议："不如明天我们在桃园中磕头结为兄弟，如何？"另外两个人听后纷纷赞同。到了第二天，三个人举酒结义，对天盟誓，有苦同受，有难同当，按照年龄大小结为异姓兄弟，刘备是老大，关羽是老二，张飞是老三。之后，三人意气相投，言行相依，共同实现自己人生的伟大理想，成就了一番惊天动地的大事业。

精简点评

东汉末年，奸臣当道，民不聊生，一些心怀天下的英雄豪杰纷纷起义，打算推翻黑暗社会的统治，为百姓谋取幸福。刘、关、张三人也就此相识，并结拜于桃园，打算共同开创一番大业。通过这个故事我们学到了人不能仅仅关注自我，而应该心怀天下，为他人、为社会做贡献，只有这样，社会才能不断地发展和进步。

佳词美句

民不聊生　胸怀大志　喜形于色　意气相投　相貌堂堂

东汉末年，国家衰败，汉灵帝听信宦官谗言，奸臣当道，政局不稳，民不聊生。

阅读思考

1. 刘备是一个怎样的人？
2. 张飞有哪些性格特点？
3. 刘、关、张因为什么而结拜？

苏武北海牧羊

叙述

汉武帝通过种种举措平定了边疆的动荡，由此可以看出他是一个足智多谋的人。

西汉时期，匈奴大军屡屡侵犯边疆，烧杀抢夺，对汉朝造成了很大的威胁。因此，汉朝的皇帝多次派遣使者招降匈奴。

汉武帝派卫青、霍去病攻打匈奴，同时派张骞结交西域诸国。这些举措顺利地打击了匈奴。匈奴逃到漠北，休养了几年，表面上又开始向汉朝示好。单于把扣留的汉朝使者送回。于是，汉武帝也派中郎将苏武将匈奴的使者送回。

苏武到了匈奴后，单于对苏武很不礼貌。匈奴单于身边有一个叫卫律的人，他以前是汉朝的使者，最后投靠了匈奴，被封为王。卫律经常为匈奴出谋划策，侵犯汉朝边疆，卫律身边的副手虞常对此很不满，他想杀死卫律，再逃回汉朝。虞常和苏武的副手张胜是朋友，他悄悄联系张胜，想和他联手把卫律杀死。

张胜同意帮他暗杀卫律。但暗杀的消息走漏了风声，单于派卫律审问虞常，张胜知道后很害怕，便把他和虞常商量暗杀卫律的事情告诉了苏武。苏武听后很着急，他认为一国使者，如若像犯人一样被匈奴审问，会给汉朝丢脸，想到这儿他就拔出刀准备自杀。张胜和另一个副手常惠立刻拦住了他。此时，单于派卫律来

劝苏武投降。

苏武看卫律来劝降，再次拔出刀抹向脖子。卫律赶紧抱住他，可苏武还是倒在了地上，浑身是血。卫律派人去请大夫，苏武的副手们失声痛哭。大夫给苏武包扎好伤口后，又给他喂了药，随后便把他抬到营房里去，张胜则被关到监狱里。

单于多次派人去看望苏武，同时吩咐卫律想办法将苏武劝降。卫律觉得，软的不行就来硬的。他先是举起刀来恐吓张胜。张胜贪生怕死，很快就投降了。随后，卫律又拿起刀假装要来砍苏武。苏武挺直脖子，一动不动地站着。看到这样的苏武，卫律反而放下了手中的刀。

卫律软下语气劝苏武投降，并说这样单于就会封他为王，赏给他兵马和钱财。只要苏武今天愿意投降，明天就可以和他平起平坐，不然，性命堪忧。

听到这儿，苏武指着卫律破口大骂："忘恩负义的卫律！你背叛朝廷，厚颜无耻地投靠匈奴，我不愿和你见面，我也决不会投降，要杀要剐随你处置！"于是，卫律便向单于报告，单于却因此更想看到苏武投降。他要折磨苏武，让他屈服，便把他扔进一个地窖，不给他吃喝。此时正在下大雪，苏武靠吃雪和扔在地窖里的破皮带、羊皮片勉强活了下来。

> **语言描写**
>
> 承上启下，这里再一次突出了苏武正直的品质，以及维护国家利益的正面形象，与前文对苏武的行为描写相呼应。

几天后，单于见苏武还活着，以为上天在保佑苏武，就把他放出来，要封他为王，苏武仍然不愿投降。单于便把他送到北海（今贝加尔湖），让他在那边放羊，并说等

叙述

通过此处描写可以看出苏武并没有因为生存环境的恶劣而放下手中的节杖，他把象征使者身份的节杖看得比自己的性命还重要，可见他的气节与傲骨。

哪天公羊生下小羊，才准许他回去。

苏武来到北海后，匈奴依旧不给他提供口粮，他就地取材，挖野菜、吃田鼠。他生死都不在乎，但始终牢记自己是汉朝的使者。象征使者身份的节杖他从不离手，不论是放羊还是睡觉，他都紧紧握着，坚定地认为总有一天自己能拿着节杖回去。

年复一年，节杖上的穗子都掉光了。他依然把没有穗子的节杖当成命根子。随后，匈奴内乱，单于再无力与汉朝对抗，就又派使者向汉朝示好求和。汉昭帝派使者到匈奴，要求放回苏武、常惠等人。匈奴骗使者说苏武已经死了。

第二次，汉朝又派使者到匈奴去。常惠买通了单于身边的人，私底下跟使者见面。使者知道了事情的来龙去脉，就严厉地责备单于道："我们皇上在上林苑射下了一只大雁，大雁的脚上拴着一条绸子，是苏武亲笔写的信。他说他在北海放羊。您怎么可以骗人呢？"

叙述

通过相关叙述可知，百姓们被苏武的爱国情怀感动，他被百姓们称为"真正的大丈夫"，可见他是一个备受大家尊敬和爱戴的人。

单于听了很吃惊，说："苏武的忠义感动了飞鸟！"他向使者道歉，并承诺送回苏武。当年苏武出使时，随从的人有一百多个，最后跟着他回来的只剩下常惠等几个人了。苏武出使匈奴时刚四十岁，在匈奴受难十九年，现在终于回到汉朝了。长安的百姓听说苏武回来的消息，都出来迎接。他们看到白发苍苍的苏武深受触动，都认为他是真正的大丈夫。

精简点评

苏武出使匈奴被困，周围很多人都在单于的教唆下叛变了，但苏武不忘初心，无论别人怎么威逼利诱，苏武依旧坚守自己的内心。最终，他如愿回到了汉朝。读完这个故事，我们要学习苏武这种不忘初心的精神，只要有毅力、有情怀，心愿终究会达成。

佳词美句

忘恩负义　厚颜无耻　年复一年　来龙去脉　白发苍苍

听到这儿，苏武指着卫律破口大骂："忘恩负义的卫律！你背叛朝廷，厚颜无耻地投靠匈奴，我不愿和你见面，我也决不会投降，要杀要剐随你处置！"

单于便把他送到北海（今贝加尔湖），让他在那边放羊，并说等哪天公羊生下小羊，才准许他回去。

他生死都不在乎，但始终牢记自己是汉朝的使者。象征使者身份的节杖他从不离手，不论是放羊还是睡觉，他都紧紧握着，想总有一天能拿着节杖回去。

年复一年，节杖上的穗子都掉光了。他依然把没有穗子的节杖当成命根子。

使者知道了事情的来龙去脉，就严厉地责备单于道："我们皇上在上林苑射下了一只大雁，大雁的脚上拴着一条绸子，是苏武亲笔写的信。他说他在北海放羊。您怎么可以骗人呢？"

阅读思考

1. 这个故事告诉了我们什么道理？
2. 你觉得卫律是个怎样的人？
3. 苏武最后是怎么回到汉朝的？

华佗的故事

我国古代有一位伟大的医学家，他叫华佗，又名旉，字元化。他生于东汉末年的沛国谯（今安徽亳州）。作为一名优秀的民间名医，他充实并丰富了我国古代的医学理论。

（一）华佗学医

东汉末年，华佗出生在沛国谯。华佗自幼家境一般，父亲靠教书维生，母亲则靠养蚕织布贴补家用。此时东汉政局不稳，皇帝宠幸宦官，奸臣当道，苛捐杂税，天灾人祸不断，人民生活困顿，苦不堪言。

名师解读
父亲的离世让华佗的家境变得更加困苦，作为家里唯一的男丁，华佗决定去学医，并开始承担起养家的重担。华佗从小就知道，学医不仅能帮人治病，还能养家糊口。救助他人本就是一件功德无量的事情，华佗小小年纪就知道这样的道理，可见他十分善良。

华佗七岁那年，父亲突发疾病，因未及时医治早早亡故了。失去了父亲，家中一下断了经济收入，家里的生活更加困苦。看着家中光景一天不如一天，华佗的母亲吃不下，睡不着。看到发愁的母亲，华佗说："娘，父亲去世了，你还有我，作为家中唯一的男丁，我一定会将这个家撑起来的。我想和城内药铺里的蔡医生学医，他是父亲的好友，我去求他收我做徒弟。学医，不仅能帮人治病，还能养家糊口。"

华佗的母亲听了他的想法，欣然同意，随后就给华佗准备行李，带他去找蔡医生拜师。

来到城内，蔡医生收华佗为徒，华佗顺利地成为学徒，开始在药铺里干杂活、上山采草药。华佗做事认真勤勉，蔡医生对这个徒弟非常满意。一年后，蔡医生将华佗叫来，对他说："你在药铺的这一年学了很多药草方面的知识，今后你就跟着师兄们学抓药吧！”华佗听了很高兴，便开始学抓药。

师兄们看华佗岁数小，便欺负他，白天不让他碰店铺里唯一的秤杆，不让他有学习抓药的机会。华佗不想和师兄们闹得不愉快，就没有将这件事告诉师父。可是抓药还是要学，但是怎么学呢？华佗苦思冥想，终于想到一个好办法：白天，华佗将师兄们称好的药用手掂量一下，感受有多重，到了晚上他再用秤称一称白天自己掂量过的药，看看是否一样重。长此以往，华佗居然练就了用手抓药分毫不差的本领。

行为描写

通过对华佗学医过程中的行为描写，可以看出他不仅认真勤勉，还有一颗爱钻研的心。

有一天，蔡医生看到华佗抓药居然没用秤，随手抓了就包起来，很是生气，便将华佗叫到一边，责问他说：“我诚心诚意地教导你，你却充耳不闻，你不知道抓药要仔细谨慎，分量稍有差池，便是人命关天的大事吗？”华佗答复道：“师父，您放心，错不了，不然您称一下看看。”蔡医生将信将疑地拿来华佗包好的药，用秤挨个称了起来，发现和药方上的分量分毫不差。随后又称了几包，依旧没有任何问题。蔡医生很是疑惑，便询问缘由，华佗才将自己练习用手称药的事情告诉师父。蔡医生知道华佗如此刻苦勤奋，激动地说：“只有华佗才有能力继承我的医术！”从此以后，蔡医生便开始教华佗“望、闻、问、切”等医学专业知识。

动作描写

从蔡医生一系列的动作描写中，可以看出他对医学严格认真的态度。而华佗因平日里勤学苦练、认真钻研，用手称药已经能做到分毫不差，可见其技艺高超。

有一天，丁家坑李氏的儿子在涡河边洗澡，失足落水，孩子被救起时已经停止了呼吸。赶来救人的蔡医生看着孩子紧闭的双眼和胀鼓鼓的肚子，叹气说：“这孩子救不活了。”华佗见状对师父说：“他还有救！”蔡医生不信。华佗便让人牵来一头牛，将孩子放置在牛背上，驱赶着牛往邻近的人家走。在路上，孩子慢慢地将肚子里的

语言描写

通过蔡医生的语言描写可以看出他对华佗医术的肯定，并且觉得华佗的医术已经青出于蓝而胜于蓝，也从侧面反映了华佗的天赋之高。

水吐了出来。随后，华佗将孩子平放到床上，为他活动四肢。不一会儿，孩子就醒了过来。这件事过后，华佗能让人起死回生的消息便在乡亲口中传开了。蔡医生见华佗不仅学会了自己所有的医术，而且水平超过了自己，便叫来华佗说："你的水平已远在我之上，我没有什么可以教你的了，你可以出师了。"

从这以后，华佗便出师，开了自己的医馆，四处行医治病。之后，华佗的母亲生病，他用尽毕生所学，母亲的病情仍然没有好转，又请了好几位医生也都束手无策。母亲病逝后，华佗很伤心，他同时也觉得自己的医术还有很多不足之处，便决定继续研习医术。于是，他遍访名医，研习医学理论，治病救人。

（二）华佗与曹操

语言描写

通过此处的语言描写可以看出华佗十分专业，所说的话有理有据、深入浅出，让人听了茅塞顿开。

东汉末年，袁绍和曹操在官渡展开决战。大战关键时刻，曹操旧疾复发，头疼欲裂，万分难忍。尚书令荀彧便请来华佗为曹操治病。

华佗切脉诊断后说："丞相劳神过度，引发偏头风。丞相早年头部曾受过撞击，但那时年轻力壮并未发病，现在年老气衰，又有风寒入体，加之操劳过度，偏头风便经常发作，此病发作时异常疼痛。"

曹操听了华佗的话，想起当年濮阳战役时，头部确实受过撞击，便问华佗："此病能否医治？"

华佗说："当然可以，只需扎针、吃汤药，病就能见好。"

经过华佗的医治，曹操偏头风的症状很快消失。

此后曹操的头风每次复发，华佗都能为其缓解症状，曹操见华佗的医术不凡，想将他留在身边，便问华佗：

"此病能否根除？"

华佗说："要想根除此病，必须先将头颅剖开，取出风涎，风涎一出，此病就可根除。"

曹操听后，疑心华佗想谋害他，但自己的头风病发作起来实在痛苦，只能暂时把华佗留在军中专门为自己治病。

华佗立志医治天下的穷苦百姓，便以妻子生病为借口，请假回家了。

叙述

此处通过内容叙述可以看出华佗不仅医术高明，而且正直善良。他以救治穷苦百姓为己任，丝毫没有被利益迷惑。

华佗回家后，专心救治贫苦百姓，废寝忘食，一刻不停。转眼假期结束，曹操多次派人催他返回军中，华佗一再推脱。最后，曹操就派官吏到华佗家中了解情况。官吏到了华佗家中，发现他妻子并未生病，而华佗在为贫苦百姓们治病。官吏捆了华佗，将他押回许昌，送进监狱。

即使身处监牢，华佗依旧不畏强暴，不为利益所诱，断然拒绝了曹操的要求。曹操恼羞成怒，杀心顿起。

荀彧劝曹操说："华佗医术高明，应该宽大处理。"

曹操杀意已决，说："天下不愁没有这样的人。"

语言描写

通过曹操的语言描写可以看出曹操极为残酷蛮横，而且自私自利。

华佗被杀的前一晚，悲愤地把记录着自己毕生医学精华的竹帛烧掉，并在墙壁上题诗："竹帛烟灰兮怒火横，儒医长恨兮斥曹营。伤心儿女兮断头夜，不负天下兮负拙荆。"

在临死之前，华佗仰天大喊："天网恢恢疏而不漏，曹孟德必将自食其果！"

就在曹操将华佗杀害后不久，他的爱子仓舒病重，众医都无计可施。曹操凝视着奄奄一息的爱子，追悔莫及，悲叹道："杀了华佗，我好后悔，竟让我儿这样死去……"

语言描写

从曹操的话中不难看出他对杀死华佗感到深深的后悔，因为杀了华佗，再也没有医术如此高超的人能治好他的儿子了。

此后，曹操头风病复发，痛苦万分，自叹道："我的病就华佗能医，像华佗这样的名医再也找不到了！"每当曹操头风病复发，就会想起自己杀华佗一事，并为此懊悔不已。

精简点评

华佗的父亲英年早逝，华佗自小便出门学医并承担起了养家糊口的责任。经过他多年的努力以及悉心钻研，最终顺利出师。可是一心只想救治天下穷苦百姓的华佗遭到了曹操的为难，最终被曹操杀害。读完这个故事，我们应该学习华佗认真勤勉、悉心钻研的态度，并且要心怀善念，帮助他人不图回报，不能像曹操一样自私自利。

佳词美句

充耳不闻　诚心诚意　操劳过度　废寝忘食　自食其果

东汉末年，华佗出生在沛国谯。华佗自幼家境一般，父亲靠教书维生，母亲则靠养蚕织布贴补家用。此时东汉政局不稳，皇帝宠幸宦官，奸臣当道，苛捐杂税，天灾人祸不断，人民生活困顿，苦不堪言。

华佗被杀的前一晚，悲愤地把记录着自己毕生医学精华的竹帛烧掉，并在墙壁上题诗："竹帛烟灰兮怒火横，儒医长恨兮斥曹营。伤心儿女兮断头夜，不负天下兮负拙荆。"

阅读思考

1. 华佗在学医的过程中，展现出来的哪些品质值得我们学习？
2. 曹操为什么要杀华佗？
3. 曹操为什么对杀掉华佗一事懊悔不已？

华佗求学

华佗是东汉时期一位赫赫有名的医生，然而功成名就的华佗没有因此骄傲自满，他依然虚心求学。

有一天，一位年轻人前来问诊，华佗把完脉后对他说："你患了头风病，有药可医，但没有药引子。"

"那需要什么药引子？"

"生人的脑子。"

年轻人听完大吃一惊，心想这药引子要从何处去找，于是失望而归。

过了不久，年轻人又找了另一个老医生看病。医生问："你找其他人看过吗？"

年轻人说："我找过华佗，他只说有药，但是要用生人的脑子做药引，所以我就放弃了，也没再去治。"

老医生听完大笑，说："找生人的脑子大可不必，你只需要找十个人戴过多年的草帽，用来熬汤喝就行了。"

年轻人听完大喜，于是便回去按照老医生的方法做。没多久，年轻人的头风病果然痊愈了。有一天，华佗遇到了这位年轻人，见他面色红润，精气十足，便疑惑地问道："你的头风病好了？"

年轻人笑答："可不是嘛，一个老医生治好了我的病。"

华佗急忙问道："你吃的什么药？药引子从何而来？"

年轻人答："用旧草帽煎汤喝。"

华佗一听，赶紧问起了那位老医生的住址。

华佗本想立即前去拜访，并请教秘方，但转念一想，别人多年经验积累出来的方子，怎么会轻易传授？于是，

叙述

文章开头对华佗做简要介绍，起到总领全文的作用。以此来为文章的发展做铺垫。

名师解读

从老医生"听完大笑"中可知，他在嘲讽华佗以生人的脑子做药引一事。当然，老医生用其他更可行的方式来救治病人，这也为下文华佗来求医做了铺垫。

名师解读

华佗没有直接前往老医生那里请教秘方，说明他通晓人情世故，尊重对方。不会贸然给人家难堪，其实也是不给自己难堪。这样既保全了自己的尊严，又让一切顺理成章。华佗扮成学生的这种行为实在可贵，突显出他谦逊好学的品质。

华佗装扮成学生，前去老医生门下求学。而这一学，就是三年。

有一天，老医生出诊去了，留下华佗和师弟二人在医馆处理药材。不一会儿，进来一位病人，这个病人肚子很大，腿很粗。病人特意来找老医生看病。师弟告诉他师父不在，请他改日再来。但病人迟迟不愿离开，并央求道："先生，拜托您给我看一下吧，我一个外乡人，来城里看一次病实在不容易啊！"

华佗听完这番话，走了出来。他看见病人确实病得不轻，就说："我帮你治，这儿有二两砒霜，你拿回去分两次吃完。"病人接过药，连忙感谢，然后离开了。

病人走后，师弟埋怨道："砒霜有剧毒，你不知道吗？你让人家吃这个？"

华佗说："这人有鼓胀病，必须以毒攻毒。"

"人吃死了怎么办？"师弟郁闷地说。

"放心吧，不会的。吃死了，责任全在我。"华佗淡淡地说道。

对话描写

通过两人的对话，充分体现出华佗十分自信，侧面表现出华佗的医术高超。

病人拿着华佗给的砒霜走到村外，恰好遇到出诊归来的老医生。他连忙上前告诉了老医生自己的情况。老医生说："你去买二两砒霜，分两次吃完，切记不要一次吃完。"

病人拿出华佗递给他的砒霜说道："这就是你徒弟给我的砒霜，也让我分两次吃完。"

老医生接过药一看，方子上的的确确写得如此。但是老医生又转念一想："这个方子除了护国寺的道士和华佗知道外，再无他人知道啊。"

回到家后，老医生问两位徒弟："刚才那个病人的药方是谁开的？"

师弟指着华佗说："是师兄，这药明明有剧毒，他还开给人家吃。"

华佗站在一旁，从容地说："师父，这人有鼓胀病，必须以毒攻毒。吃砒霜才能治好他。"

"你听谁说的？"老医生疑惑地问。

"护国寺的老道人，我跟他学过几年。"

老医生听完，这才恍然大悟。然后惊喜地问："华佗啊，你怎么会跑到我这里来学医？"

> **语言描写**
> 此时的老医生已经识别出华佗的身份，此处推动着故事情节的发展。

"师父，您认错人了。"

"怎么可能认错人，知道这个方子的，除了我只有护国寺的老道人和华佗。"

华佗眼看瞒不住了，就亮明了自己的身份和自己前来学医的缘由。

老医生听完一把拉住华佗的手说："你已经名声在外了，居然还来我这里学医，真是委屈你了，实在对不住啊。"

> **语言、动作描写**
> 表现出老医生对华佗虚心求学的敬佩之意。

华佗谦逊地说道："师父，人各有所长，我应该向您学习您擅长的东西啊！"

老医生听完后备受感动，立即将自己行医多年的经验和研究出来的秘方告诉了华佗。

精简点评

华佗为了能在老医生那里学习经验和秘方，甘愿隐姓埋名，在其手下做了三年学徒。他凭借着这种虚怀若谷的精神感动了老医生，最后老医生才将自己的秘方告诉了华佗。华佗成名以后依然虚心求教，这种优秀的品质是他成功的关键所在。

佳词美句

赫赫有名　埋怨　恍然大悟　谦逊　骄傲自满　擅长

华佗是东汉时期一位赫赫有名的医生，然而功成名就的华佗没有因此骄傲自满，他依然虚心地求学。

老医生听完一把拉住华佗的手说："你已经名声在外了，居然还来我这里学医，真是委屈你了，实在对不住啊。"

华佗谦逊地说道："师父，人各有所长，我应该向您学习您擅长的东西啊！"

阅读思考

1. 华佗为什么要去老医生那里求学？
2. 故事中华佗为什么要给前来求医的病人砒霜？
3. 老医生知道华佗的真实身份以后有什么表现？

东郭先生和狼

相传春秋时期，有一天晋国大夫赵简子在山中打猎。他射中了一只狼，但受伤的狼带着箭逃跑了。赵简子便带人追赶这只狼。

此时，东郭先生正牵着毛驴站在路旁，毛驴的身上驮着重重的书袋。

受伤的狼突然从岔路口蹿出，看见东郭先生说："有人要杀了我，请您救救我吧，如果您救了我，我会报答您的。"

语言描写

通过对狼的语言和动作描写表达出它急迫焦灼的心情，为了活命即便是凶狠的狼也会向人类求助。

东郭先生看到追赶狼的是大夫赵简子，犹豫不决地说："我救了你，岂不是会得罪大夫大人。但是不救你，又有违我兼爱天下苍生的信念。算了，你就钻进我的书袋吧！"说着东郭先生倒空书袋里的书简，捆住狼的手脚，费尽九牛二虎之力才把狼装进书袋，又将书简覆盖在狼身上。随后把装狼的袋子抡到驴背上，就躲到了路边。

没多久，赵简子领着一队人马冲到了东郭先生面前，问他是否看见一只受伤的狼。东郭先生说："没有看见。"

赵简子半信半疑地看着东郭先生："如果有人知情不报，定不轻饶！"

东郭先生战战兢兢地说："恶狼我还是认识的。"

赵简子没有抓到狼，气鼓鼓地领着人马离开了。

等赵简子的队伍走后，东郭先生把狼从书袋里放出来。

狼伸了伸腰说："多谢你救了我，让我躲过一劫。但是我现在很饿，你不如帮我帮到底，让我吃了你填饱肚

名师解读

好心的东郭先生因为善良对狼施以援助之手，然而忘恩负义的狼不但没有回报东郭先生，反而要吃掉东郭先生。这种忘恩负义、得寸进尺的行为实在可恨。

子。”说着就向东郭先生扑去。

“你……你好没有良心，我救了你，你居然要吃我？”东郭先生绕着毛驴跟狼兜起了圈子。见甩不掉狼，只好对狼说：“这样吧，我们去找三老评评理，如果三老说我该让你吃，你就吃掉我吧。”狼同意了。

名师解读

老杏树听天由命，认为自己天生就应该被人利用，丝毫没有斗争精神。因此，它才认为狼饿急了吃人是一种自然现象，天经地义。

路上没有行人，只有一棵老杏树孤零零地站在路边，狼便逼着东郭先生去问老杏树。

东郭先生来到老杏树前，向老杏树说明了事情的来龙去脉，问老杏树，狼该不该吃他。

老杏树听完，叹口气说：“种树人全家吃我的果实二十多年了，还用我的果实卖钱。现在我老了，种树的人还想把我砍了去卖钱。你救了狼，这样的恩惠又算什么呢？狼为什么不能吃你呢？”

狼听了扬扬得意，立刻准备扑向东郭先生。恰巧有一头母牛路过，狼又让东郭先生去问母牛。母牛说：“主人把我从市场上买回来，我拉车、犁田、耕地，还用奶水养活了他们全家。如今我老了，无法干活，主人还想杀我，把我的肉卖了换钱。你对狼的恩惠算什么？它怎么不能吃你呢？”

阅读笔记

狼听了，更加得意起来。

这时，一位扛着锄头的老人路过，东郭先生连忙去向老人讨公道。老人用锄头敲了敲狼的头说：“你怎么可以吃掉对你有恩的人呢？”

狼诡辩道：“他那不是救我，他捆住我的手脚，把我装进书袋，又把沉沉的书筒压在我的身上，明显是要害我，想把我闷死，我为什么不能吃掉他？”

老人听了，想了想说：“公说公有理，婆说婆有理，不过，我有点儿不信，你那么大，书袋那么小，东郭先生怎么可能把你装进去呢？除非你演示一遍你是怎么进去的，让我亲眼看见，我才相信，你就可以吃掉东郭先生。”

狼同意了，就让东郭先生捆住它的手脚，再次把它装进书袋里。

等狼被装进书袋后，老人马上扎紧书袋口，随后，举起锄头毫不迟疑地砸向书袋里的狼，直接把狼打死了。

动作描写

此为动作描写，可以看出善恶终有报，忘恩负义的狼最终还是得到了应有的惩罚。

精简点评

狼因为被赵简子利箭所伤，仓皇而逃。当它遇到东郭先生时，用楚楚可怜的姿态乞求东郭先生帮助它。善良的东郭先生帮助了狼。然而等到风平浪静后，受伤的狼想吃掉东郭先生。可是，善恶到头终有报，在老人的诱导下，狼再一次钻进了口袋，随后被老人打死。这个故事告诉我们，不要怜惜坏人。当然我们也应该时常怀有一颗感恩之心，对于别人的帮助要感恩戴德，不能做一个忘恩负义的人。

佳词美句

九牛二虎之力　犹豫不决　半信半疑　战战兢兢　扬扬得意

等狼被装进书袋后，老人马上扎紧书袋口，随后，举起锄头毫不迟疑地砸向书袋里的狼，直接把狼打死了。

阅读思考

1. 故事中的狼为什么要让东郭先生救它？
2. 老杏树和母牛为什么都觉得狼可以吃东郭先生？
3. 通过这个故事，你知道了什么道理？

李寄斩蛇

有一个叫李寄的小女孩，家住在东越庸岭之下，她因为斩杀大蛇救众而闻名。这个故事流传至今。

人物描写

为了安慰父亲，让父亲开心，李寄在生活中处处模仿男孩，可见其孝心。

李诞是个普通农民，他是李寄的父亲，他们家有六个女儿。李寄的父亲重男轻女，经常因为没有儿子感到苦恼。李寄是家中最小的女儿，她自幼聪慧机敏，非常了解父亲。为此，她自幼爱扮男孩装束，生活中处处学男孩模样，她不光喜欢读书，还喜欢击剑。父亲看到李寄这样，多多少少有了些安慰，周围的邻居都叫她“假小子”。

行为描写

通过对农夫与蛇的行为描写，更加突显出这条蛇的巨大，并且还会吃人，可见这条蛇十分吓人。

李寄13岁那年，村里的两个农夫上山砍柴，在山上的山洞里发现了一条巨蛇，这条蛇长得又长又粗，吐着舌头，嘶嘶作响。两个农夫惊慌失色，转身就往山下跑，边跑边喊：“蛇！蛇！”他们的喊声惊动了巨蛇，巨蛇飞快地蹿出，张开血盆大口咬住跑得较慢的农夫，随后就把他一口吞了下去。逃脱的那个农夫回到村里，又惊又吓，一病不起，大半个月后才好起来。从这之后，庸岭山上有大蛇的事情尽人皆知，周围的百姓惧怕大蛇，也就没有人敢上山砍柴了。

当地官府也听说了山上有大蛇的事情，专门派一队官兵上山打蛇。可是每次只要官兵一到山上，大蛇就不见踪影；等官兵一走，大蛇就又跑出来残害百姓。官府也无计可施，只能发出布告，承诺将会重重奖赏打死大蛇的人。

布告发出没几天，就有一个巫师跑到官府说：“山上的大蛇不是普通的蛇，那条蛇是蛇神，昨晚蛇神托梦给我，说这些年当地百姓对上天神灵的祭祀不够虔诚，上天发怒，就派它前来惩戒当地百姓。如今官府不但不督促民众诚心祭祀，以取得上天的宽恕，居然还派人捕杀蛇神，这简直是对蛇神的大不敬。蛇神已回天庭报告天神，天神震怒，命蛇神托梦给我，向你们提出警告：要想民众平安，从这个月起每月送一名十到十五岁的女孩供奉蛇神，期限两年。否则，蛇神将迁怒官府，官府也要为此受到惩罚。”

听了巫师的话，官府长官深信不疑，心中很害怕。为了避免灾祸，便让巫师转告蛇神：“只要能保护府衙平安，让天神不降罪给我，蛇神的命令我一定照办。”自此，官府便派人去统计庸岭各村十到十五岁的女孩，并且全部登记造册，编上名次，按编号的顺序每月十五日给蛇神送去。

庸岭的百姓都很疼爱自己的女儿，没有人舍得让大蛇吃掉自己的女儿。但在那个时代，人们蒙昧无知，偏信鬼神，认为打雷下雨都是天神发怒，都要冒雨跪地祈祷天神息怒。现在听说那条巨蛇是蛇神，更没有人敢反抗了。大家听到是天神命令要给蛇神送女孩，也只能照办。只是那些无辜的女孩就要白白送命了。

转眼九个月过去，府衙已给蛇神送了九个女孩。李寄就是第十个女孩。李寄的父亲每天都愁眉不展，泪流满面，母亲也哭得死去活来。只有小李寄不哭不闹也不怕。每当想起官府抓第一个女孩时，女孩一家人生离死别的悲惨情景，李寄对大蛇的恨意就更深了。

李寄记得史书上曾说上天是善良的。怎么会因为这几年收成不好，民众生活不富裕，祭祀的祭品太简单，就派蛇神来吃人？那巨蛇真是神吗？如果是神，为何看到上山的人多就溜走了呢？还有，上天为什么只给巫师托梦呢？想到这些，她就断定：上天发怒、蛇神托梦不过是巫师为了骗赏钱编出的瞎话！她很厌恶巫师，多次劝父母不要相信巫师的鬼话，还说待轮到她被送给蛇神时，一

语言描写

此处描写突出巫师妖言惑众的反面形象，为下文的叙述进行铺垫。

阅读笔记

神态、心理描写

由此可以看出李寄的父亲虽然重男轻女，但知道自己的女儿要被献祭，十分痛苦，可见他还是很疼爱李寄的。

定想办法把大蛇杀死。父亲不听劝，狠狠地训斥她说：“快闭嘴，蛇神神通广大，你这样乱说，蛇神听见会降罪给我们！”母亲则流着泪说：“好孩子，是你生的不是时候，你就认命吧！”李寄听了，更加坚信了自己的判断，她心中暗想：与其被蛇吃掉，还不如杀了它为民除害。打定这个主意，她不哭不怕，立刻起身抓紧时间练剑。

语言、心理描写

此为语言描写及心理描写，将李寄父母的愚昧与李寄的英明果敢形成鲜明的对比，更加凸显出父母二人的无知和迷信。

为了能顺利杀死大蛇，李寄还给自己找了个帮手，那就是家里一条叫小花的大狼狗。每当她练剑时，都带着小花。小花很通人性。李寄用剑指哪里，小花便扑向哪里，一人一狗相互配合，形成前后夹击的阵势。

第十个月马上就要过去了，官兵来抓李寄上路，李寄的父母失声痛哭，村民们也只能流着泪为李寄送行。李寄信心满满地对大家说：“父老乡亲都不要难过，这次，我去和蛇神好好商量，请它回天庭求情，也许上天善心大发会饶恕我们的！”随后，她又对官兵说：“我不用你们捆，我自己走。”说完便随官兵向山上走去。

名师解读

李寄从小就表现出不同于其他女孩子的英勇，并且经常被人称为“假小子”，这一次，她听到自己要被献祭的噩耗，再次表现出勇敢的一面，没有丝毫畏惧。

李寄和官兵们快走到蛇洞时，官兵们转身就往山下跑去，生怕蛇神把他们也吃掉。李寄看到他们逃跑时狼狈的身影，不屑地说：“一群胆小鬼！”李寄并没有直接进蛇洞，她等官兵们下山后，从小道折返回自家后院，拿上提前准备好的糯米饭团，领着小花又回到山上。

当李寄来到蛇洞口，悄悄地将糯米饭团放在地上之后，就和小花按照计划好的位置藏好。不久，蛇闻到了糯米饭团的香味，爬出蛇洞，大口地吃了起来。因为糯米饭团经过发酵，和酒有一样的效果。那巨蛇吃完后，还没爬回蛇洞就醉倒在洞口。

李寄看准时机，对小花下令：“小花，上！”小花听到主人的命令，飞快地蹿了出来，一下咬住了巨蛇的脖子。

巨蛇力气大，居然忍着痛，直起身子，把咬住它脖子的小花悬到了半空中。李寄当机立断，一个箭步冲上去，把剑刺进巨蛇的腹部，再向下猛一用劲儿，巨蛇的肚子就被剖开了。凶猛的大蛇还没来得及挣扎就死了。

“我把‘蛇神’杀死了!”李寄高兴得又蹦又跳，小花兴奋地汪汪直叫。乡亲们听见李寄的欢呼声，纷纷向蛇洞赶来，看见巨蛇真的死了，没有一个人不称赞李寄有勇有谋。官府得知巨蛇已死的消息，立刻派人去找巫师算账。但是巫师早在听说李寄杀死巨蛇的消息时，就偷偷地逃跑了。

从此以后，庸岭一带的百姓安居乐业。他们再也不相信巫师的鬼话，也不担心会有“蛇神”之类的妖魔鬼怪伤害他们了。

名师解读

李寄在小花咬住巨蛇的脖子之后，当机立断冲上去，用利剑刺向了巨蛇的腹部，将其杀死。李寄在面对这样一条大蛇时所表现出的临危不惧的态度让人赞叹。

精简点评

这是我国古代的一篇志怪小说，来源于民间传说，故事主要讲述了有一条大蛇，为祸一方。巫师借此事妖言惑众，强迫百姓们送童女祭祀，李寄就是其中之一。从小聪慧机智、胆大心细的李寄孤身前往蛇洞，最终斩杀大蛇，为民除害，她的英明果敢值得我们学习。

佳词美句

惊慌失色　嘶嘶作响　血盆大口　无计可施　尽人皆知　深信不疑

李寄的父亲每天都愁眉不展，泪流满面，母亲也哭得死去活来。

阅读思考

1. 故事中邻居们为什么都称李寄“假小子”?
2. 李寄是怎么杀死巨蛇的?

田螺姑娘

相传晋朝，侯官县有个孤儿名叫谢端，他父母早逝，是善良的邻居们收养了他。谢端忠厚老实，勤劳节俭，长到十七八岁时，为了不给邻居们再添麻烦，他就在山坡边搭建了一间小屋，开始独立生活。因为生活不富裕，他娶不上妻子。街坊邻里都很关心他的婚姻大事，帮他说了几次媒，但都没有成功。谢端却从来没有气馁，仍然辛勤劳作，日出而耕，日落而息。有一天，他在农田中捡到一只巨大的田螺，看着这么大的田螺，他很惊喜，便把田螺扛回家，精心地养在水缸中。

叙述

此处描写表现出谢端看到如此大的田螺而产生的喜悦之情，并以此为引子，为故事的发展埋下伏笔。

这天像往常一样，谢端早早起来就去地里干活，回到家却发现：香甜的米饭放在灶头，美味可口的鱼肉蔬菜填满橱柜，热水也已灌满了茶壶。他想了想，觉得应该是热心的邻居帮他做的这一切。让他没想到的是，从此家中每天都是这样。谢端觉得给邻居添了麻烦，就去邻居家道谢。可他问遍了所有的邻居，没有人承认这是自己做的。谢端坚信，这一定是好心的邻居在帮他，一再坚持道谢。邻居们笑着说："应该是你的妻子在为你烧火做饭，她就藏在你家里。"谢端百思不得其解，但又毫无头绪，就想弄清楚到底是谁为他做的这一切。第二天，大公鸡一打鸣，谢端就像平时那样，扛着锄头下田去干活，天刚亮，他又急匆匆地往家赶，迫不及待地想看看是谁在帮他。还没到家，就看到袅袅炊烟从自家屋顶的烟囱升起。

语言描写

此处通过邻居们打趣的语言描写，设置悬念，引出下文。

他走得飞快，一定要看一下是哪位好心人在帮他。当他轻手轻脚走到家门前，透过门缝往屋里看时，家中并没有人的踪影，他走进屋里，看见家中被收拾得干干净净，美味的饭菜已经放在桌上，灶中火烧得正旺，锅中的水已沸腾，还没来得及灌入水壶。第三天，谢端又像前一天一样，鸡一叫就起床下地干活，这次天不亮他就往家赶。这时，自家烟囱还没有升起炊烟，谢端蹑手蹑脚地靠近篱笆墙，屏气凝神地紧盯着家里的动静。突然，他看见从自家的水缸里走出一个年轻美丽的姑娘，神奇的是那姑娘的衣服没有被水缸里的水打湿。只见年轻姑娘快速地走到灶台前，开始熟练地做起家务。谢端看到这一幕，难以置信地飞奔到水缸边，发现水缸里自己捡回来的大田螺只剩一个空空的壳。他拿着空壳看了又看，快步走到灶前，问年轻姑娘："请问这位姑娘，从何而来？为何要帮我呢？"姑娘看到谢端突然这个时候回家，本就吃惊，又听到他询问自己的身份来历，更加不知如何是好。年轻姑娘被谢端挡住去路，再加上谢端一再追问，年轻姑娘只得告诉谢端实情。

动作、神态描写

此处描写表现了谢端为查明真相而小心翼翼，怕被屋子里的人发现自己的行踪，可见其机敏细心的性格特点。

阅读笔记

这位姑娘其实是天上的水素女。天帝感念谢端自幼父母双亡，无亲无故，见他勤劳善良，安贫乐道，就派水素女下凡替他分忧。水素女接着说："天帝派我下凡，本是让我为你料理家务，烧火煮饭，尽可能让你在十年内生活富足，成家立业，那时我就可以回到天上复命。如今我使命尚未完成，身份就已经暴露，让你识破了天机，你不说出去，别人也会知道。为了不让别人知道，我现在就要回到天庭，不能再待在这里了。"水素女说完，谢端心中感动万分，但也很后悔，一再挽留水素女。而水素女去意已决，在临走前嘱咐谢端："虽然我走了，不能再帮你，你的日子不会太好过，但只要你勤劳肯干，不怕吃苦，生活定会好起来。田螺壳就留给你，它是一个宝物，用它贮藏粮

语言描写

此处通过田螺姑娘的话语侧面体现了谢端的安贫乐道，就连上天也为之感动，并且出手予以帮助。

食，粮食会取之不尽，用之不竭的。”话音刚落，屋外刮起阵阵狂风，随后大雨倾盆而下，在水雾笼罩之中，水素女飘然而去。为感激水素女的恩德，谢端特地为她造了座神像，逢年过节都去烧香拜谢。他也听从水素女的嘱咐，依靠自己勤劳的双手和水素女留下的宝物，将日子过得红红火火。没几年，他就娶了妻，还考取了功名，成了县令。为了感谢水素女，谢端立了庙，这就是今天的素女祠。

精简点评

通过这个故事我们可以看出，谢端是一个容易满足的人，他的勤劳善良、安贫乐道让上天都对其产生了怜悯之心，要给予他帮助。我们应该学习谢端这种优秀的品质，世间所有美好的事物都是通过自己的劳动去创造的，过多的物质需求反而会让人越活越累，越来越不容易满足。

佳词美句

忠厚老实　百思不得其解　袅袅炊烟　屏气凝神　蹑手蹑脚　安贫乐道

谢端却从来没有气馁，仍然辛勤劳动，日出而耕，日落而息。

话音刚落，屋外刮起阵阵狂风，随后大雨倾盆而下，在水雾笼罩之中，水素女飘然而去。

阅读思考

1. 水素女为什么会下凡帮助谢端？
2. 谢端为什么要搬离之前的住所？
3. 通过这个故事你发现谢端身上有哪些优秀的品质？

彭娥诉怨

西晋永嘉年间，政局动荡，兵荒马乱，盗匪横行，民不聊生。各地方官员昏庸无能且更换频繁。在这样的社会背景下，盗匪越发猖狂，目无王法，四处烧杀掳掠。可怜那些无辜善良的百姓有苦难言，无处申诉。

这天，宜阳县流窜过来一伙强盗，强盗们穷凶极恶，烧杀掳掠，杀了当地一户姓彭的人家。彭家有一个叫彭娥的姑娘正好出门打水，躲过了一劫。彭娥听到强盗洗劫了自己家的消息，飞快地向家中跑去，她回到家，看到倒塌的院墙和倒在血泊中的父母兄弟，心中悲愤异常，转身就要和强盗拼命。

> **叙述**
> 本文由此体现出强盗们的残暴无情，以及彭娥看到自己的家人被杀害后悲愤的情绪。

彭娥年幼体弱，而强盗们人多势众，她根本不是那些强盗的对手。很快，强盗们便抓住彭娥，把她绑起来，带到溪水边，准备杀掉。

溪水邻近一座大山，此山山势陡峭，悬崖高深，地势险峻。悲愤交加的彭娥，不甘心地仰起头来冲着天空怒喊：“老天爷，你睁开眼睛看一下，我彭娥做错了什么，为什么要这样对我！”话音刚落，她顺势挣脱绳索飞快地朝着悬崖峭壁跑去。就在这时，那座大山的中间突然出现一条几丈宽的裂缝，裂缝中又出现了一条光滑平坦的大路。彭娥顺着大路朝山中跑去，那群强盗紧追不舍也跟了进去。

> **语言描写**
> 通过此处描写可以看出彭娥此时内心既悲愤又绝望。

神奇的是当强盗们刚顺着裂缝跑进山中，大山竟然慢慢合拢，把强盗们全部压在山下，只露出了强盗们的头。而此时，彭娥也不见了踪影。

传说，被彭娥丢下的水壶，最后化成一个形状像鸡的巨石，“石鸡山”因此得名。山边的那条溪水，则被人们称为“娥潭”。

精简点评

西晋永嘉年间，盗贼横行，抢杀掠夺了彭娥的家。有幸躲过一劫的彭娥见此惨状打算与盗贼拼命，奈何她势单力薄，最终被强盗抓去，而她视死如归的精神感动了上天，最终坏人得到了应有的惩罚。通过这个故事，我们看到了一个英勇果敢、不惧威胁的女性形象。

佳词美句

兵荒马乱　民不聊生　穷凶极恶　紧追不舍

西晋永嘉年间，政局动荡，兵荒马乱，盗匪横行，民不聊生。各地方官员昏庸无能且更换频繁。在这样的社会背景下，盗匪越发猖狂，目无王法，四处烧杀掳掠。可怜那些无辜善良的百姓有苦难言，无处申诉。

彭娥听到强盗洗劫了自己家的消息，飞快地向家中跑去，她回到家，看到倒塌的院墙和倒在血泊中的父母兄弟，心中悲愤异常，转身就要和强盗拼命。

阅读思考

1. 强盗洗劫了彭娥的家，她回家后看到了什么？
2. 对彭娥穷追不舍的盗贼们是什么下场？
3. “石鸡山”的由来是什么？

白鹤山和郑公风

汉朝时期，在会稽郡（今浙江省境内）有一座射的（练习射箭）山，白鹤山在射的山南面的河水中。传说仙人经常在射的山上射箭，箭射出之后，会有一只白鹤再把箭找回来。

神仙射出的神箭材质上乘、质地精良且异常珍贵。为此神仙无论把箭射出多远、射到哪儿，白鹤都要用爪子把箭从土里刨出，衔回来还给神仙。因为神仙经常把箭射进高坡的土地里，白鹤不得不用爪子刨开地才能取出箭，天长日久，白鹤为了取箭刨出的土便堆成了山，当地的百姓给这个土山取了一个雅致的名字——白鹤山。

叙述

这一段叙述解释说明了“白鹤山”的由来，以此为故事情节的发展进行铺垫。

战国时的孟子曾经说："天将降大任于是人也，必先苦其心志，劳其筋骨……"意思是说上天将要降下重大的责任在某人身上，就一定要先使他的心智痛苦，使他的筋骨劳累。汉朝郑弘的故事正好印证了孟子的话。

汉朝时期，皇帝曾经封一个叫郑弘的人做最高军事长官——太尉。郑弘幼时家境贫寒，家里没有田地，为了生计不得不向地主租地。地主害怕郑弘交不起地租，不愿意租地给他。郑弘为了生存，没有办法，每天只能上山砍柴，再卖柴换钱，维持生计。

> **名师解读**
> 郑弘因为自幼家境贫寒，所以吃了很多苦，每天只能通过砍柴来维持生计。最后，他经过不懈努力，当上了太尉，功成名就。由此可见，人只有经历过风雨，才能看见彩虹。

这天，在白鹤山上打柴的郑弘，突然看见地上有一支箭，他捡起这支箭仔细看了一下，发现这不是一支普通的箭，这支箭闪闪发光。郑弘心中不由得疑惑，这么珍贵的箭是从哪里来的，又是谁射的呢？

正想着，一个人径直向郑弘这边走来，他边走边左右张望，像在寻找什么东西。当他看到拿着箭的郑弘，兴奋地对郑弘说，他正在找这支箭，希望郑弘能把箭还给他。听他这么说，郑弘立刻把箭还给了那人。

那人接过箭后，问郑弘："小伙子，如果你有什么愿望，我可以帮你实现。"郑弘听他这么说，猜到这可能是传说中的神仙，想了想便说："我以砍柴为生，砍完的柴要在若耶溪上用船运下来，但是运柴有些困难，所以我希望若耶溪早晨刮南风，傍晚刮北风，这样运柴的船一路都会顺风而行了。"那人听了点点头就消失不见了。

> **名师解读**
> 郑弘因为把神箭归还给了神仙，而得到了一个实现愿望的机会。但是郑弘仅仅是希望改变风的方向使自己运输木柴可以顺利一些。这一行为在外人看来或许十分愚蠢，但正是因为郑弘的踏实肯干、容易满足的性格，才使他坐上太尉这个职位。

此后，若耶溪早晨刮南风，傍晚刮北风。人们就将这风叫作"郑公风"。

精简点评

郑弘因为家境贫寒，不得不以砍柴维生。一日他在上山砍柴的途中，因为拾到了一支神仙的箭，并将其归还，从而得到了一个可以实现愿望的机会。可郑弘只许下了改变风向的愿望，来帮助自己更加顺利地运输木柴。这种做法看似愚蠢，却展现了他容易满足、踏实肯干的品质，最终正是这种品质成就了他的人生。

佳词美句

苦其心志　劳其筋骨　维持生计　闪闪发光　家境贫寒

神仙射出的神箭材质上乘、质地精良且异常珍贵。为此神仙无论把箭射出多远、射到哪儿，白鹤都要用爪子把箭从土里刨出，衔回来还给神仙。

这天，在白鹤山上打柴的郑弘，突然看见地上有一支箭，他捡起这支箭仔细看了一下，发现这不是一支普通的箭，这支箭闪闪发光。

郑弘听他这么说，猜到这可能是传说中的神仙，想了想便说："我以砍柴为生，砍完的柴要在若耶溪上用船运下来，但是运柴有些困难，所以我希望若耶溪早晨刮南风，傍晚刮北风，这样运柴的船一路都会顺风而行了。"

阅读思考

1. 白鹤山的由来是什么？

2. 如何理解"天将降大任于是人也，必先苦其心志，劳其筋骨……"这句话？

3. 故事中的郑弘得到一个实现愿望的机会后，许下了什么愿望？

周处除三害

人物介绍

对周处的个人情况简要介绍，为接下来故事的发展做铺垫。

西晋时期，在义兴有个叫周处的少年。他天生力大无穷，自幼习武，武艺高强，但是周围的百姓都很讨厌他。因为他仗着身强力壮，欺凌百姓，横行乡里，为非作歹。

这天，他从集市上的一个酒家门口路过，酒家的大狗突然从门中蹿出，冲他汪汪直叫。被吓了一跳的周处很生气，大叫道："谁家的畜生，竟敢冲着我叫？"说着，他狠狠地踢了大狗两下，那只狗疼得呜呜直叫。店家听见自家狗叫，出门查看，看见自家的狗吓到了周处，赶紧鞠躬谢罪。可是周处得理不饶人，大声责问店主："你算个什么东西，竟敢放狗吓我。今天，你不把恶狗打死，我就放火烧了你的店铺，你自己看着办吧。"店家知道自己不是周处的对手，为了不得罪周处，不得不把自己家的狗打死。因为这件事，周处的恶名在整个义兴被传开了。当地的百姓都把他和城外山上的白虎，以及水中的蛟龙并称为"义兴三害"。

这天，周处在村头遇见了一位老者。老者站在一块石头旁，自言自语地说："石头兄啊，那周处身怀神力，本领高强，却甘愿成为义兴一害。"

语言描写

此处老者提出反问，目的在于激发周处的好胜心，并借机让周处杀掉城外的白虎和蛟龙。

周处上前，不解地问老者："周处本领高强，明明是少年英雄，怎么会是义兴一害呢？"

老者听后，苦笑着摇摇头说："他要是英雄的话，为什么不去捕杀南山的白虎和那桥下的蛟龙呢？"

周处听后，不服气地说："周处的神力岂是那白虎、蛟龙可以相提并论的？简直是笑话！"话一说完，他就回家，提起刀剑，背上弯弓，向南山走去。

没多久，天就黑下来，周处仍然没有发现老虎的踪影。正在这个时候，一阵凉风刮过，一只白色大虎张着血盆大口从草丛中蹿出，冲着周处就扑了过来。说时迟那时快，周处迅速拔出弓箭，拉开弓弦，将箭射向白虎。这支离弦的箭直接扎进白虎的心脏，没多久，白虎就断气了。周处扛起白虎，回到了城里。看到扛着白虎的周处，百姓们奔走相告，众人都夸奖周处是英雄，为义兴做了好事，除了大害。周处听到人们的夸奖，心里扬扬得意。当即决定，要去把那水中的蛟龙也除掉。

行为描写

通过对周处的行为描写可以看出他身姿矫健，与文章开头对他的描写相互呼应。

阅读笔记

之后，周处背着宝剑，来到了城外的长桥上。水面大雾笼罩，周处无法看清水下的情况，这时他大声喊道："作恶的蛟龙，还不快滚出来受死！"话刚说完，长桥底下巨浪翻滚，水花四溅。周处睁大眼睛紧紧盯着水面，他知道蛟龙要出水了。忽然，一个巨浪从水面飞向空中，蛟龙缓缓地露出水面。这时，周处提起宝剑，奋力一跃，跳到了蛟龙的脖子上。只见周处左手握住蛟龙的犄角，右手握住宝剑，对准蛟龙的颈部猛地刺了下去，蛟龙发出凄厉的惨叫，瞬间落入了水中。

周处的衣服被蛟龙的鲜血染成了红色。当他回到义兴城时，百姓们都涌上街头，为了感谢他斩蛟射虎、为民除害，大家给他端茶、敬酒。让人没想到的是，周处却摆摆手，严肃认真地说："乡亲们，我对不起大家啊，我不应该到现在才为乡亲们做这些事。现在两害已除，只剩下一害，必须也将他除掉。"

行为、语言描写

通过周处的行为及语言可以看出他在杀死了白虎和蛟龙之后，自己的内心也发生了变化，从以前的狂妄自大变成了现在的谦逊善良。

周处的话刚说完，他在村头遇见的那位老者站了出来，对周处说："你已经帮了乡亲们的大忙，除了害，立了功。而那个恶霸周处也已经消失不见了，现在只剩下大英雄周处了。”

听了老者的话，周处低下头，他感到很惭愧。从这以后，他改过自新，拜陆机、陆云为师，最后成为一代名将。

精简点评

周处自幼习武，仗着自己力大无穷经常欺压百姓。一位老者机智地让他去杀掉城外的白虎和蛟龙，周处不但完成了老者的嘱托，而且改变了自己狂妄自大的性格。这个故事告诉我们，人不能仗着自己的天赋和才华得意忘形，而应该时刻保持谦卑，要做一个正直善良的人。

佳词美句

为非作歹　奔走相告　力所能及　改过自新　扬扬得意

西晋时期，在义兴有个叫周处的少年。他天生力大无穷，自幼习武，武艺高强，但是周围的百姓都很讨厌他。因为他仗着身强力壮，欺凌百姓，横行乡里，为非作歹。

正在这个时候，一阵凉风刮过，一只白色大虎张着血盆大口从草丛中蹿出，冲着周处就扑了过来。说时迟那时快，周处迅速拔出弓箭，拉开弓弦，将箭射向白虎。

听了老者的话，周处低下头，他感到很惭愧。从这以后，他改过自新，拜陆机、陆云为师，最后成为一代名将。

阅读思考

1. 故事中的“义兴三害”分别是哪三害？
2. 周处有着怎样的性格特点？
3. 周处最后为什么不接受村民的端茶、敬酒？

寒食节的传说

寒食节是每年清明节的前一两天。每到寒食节，百姓们每家每户都不生火做饭，只吃冷食。传说这个节日是为了纪念春秋时期的介之推。

春秋时期，晋国内乱，公子重耳不得不离开晋国，外出逃难。介之推是公子重耳的随从，他一路忠心跟随公子重耳，不畏艰难险阻。

重耳在流亡魏国的途中，突发重疾，身边没有吃的也没有喝的。看到这样的情形，介之推咬牙忍住痛，从自己腿上割下肉，熬成肉汤，喂给重耳喝，让重耳恢复体力，渡过难关。

行为描写

此处通过对介之推的行为描写可以看出他对重耳的忠心，忍受疼痛割下自己的肉来给重耳充饥，可见其忠义。

之后，晋国内乱结束，重耳成为国君，也就是历史上著名的晋文公。

刚回到国内时，晋文公始终记得介之推在自己困难时期给予的帮助，但随着时间的推移，这些事他也就不怎么放在心上了。再后来，晋文公开始封赏那些追随他流亡的功臣，却忘记了封赏介之推。看到晋文公如此忘恩负义，介之推心里很难过，决定不再见晋文公，随后他背着年迈的母亲隐居到深山中。

后来有人提醒晋文公，晋文公明白自己做得不妥，心里很惭愧，便派人到深山中寻找介之推。但是介之推不肯再出山。

晋文公知道介之推是孝子，如果放火烧山的话，介之推一定会背母亲出山避火。想到这儿，晋文公便派人放火烧山。山火烧了整整三天三夜，整个青山都变成焦土，而介之推并没有出现。山火熄灭后，人们发现介之推和

场景描写

通过此处的场景描写可以看出晋文公的残酷，也侧面反映出介之推宁死不屈的精神。

他的母亲已经被烧死了，焦黑的大树下压着他们的尸体。

介之推宁肯被烧死也不愿意下山见晋文公，晋文公因此非常悲伤，回到宫里，整天不吃不喝。

为了怀念介之推，晋文公便下令以后每年在他死去的这天纪念他，并且这天不生火烧饭只吃冷食，这便是寒食节的由来。

精简点评

忠心耿耿的介之推为了不让重耳挨饿，忍痛割下自己的肉为重耳充饥。然而当重耳成为晋文公之后，将介之推的恩情抛之脑后，介之推对此大失所望，决定同母亲隐居山林。晋文公想逼介之推见自己，决定采用大火烧山林的方式，但他最终只得到了介之推的尸体。介之推这种宁死不屈的气节令人动容。

佳词美句

惭愧　隐居　气节　艰难险阻　渡过难关

后来有人提醒晋文公，晋文公明白自己做得不妥，心里很惭愧，便派人到深山中寻找介之推。但是介之推不肯再出山。

山火熄灭后，人们发现介之推和他的母亲已经被烧死了，焦黑的大树下压着他们的尸体。

阅读思考

1. 寒食节是为了纪念谁而设立的？
2. 介之推对重耳的忠心表现在哪些地方？
3. 介之推为什么会隐居山林？

鲁班学艺

春秋时期鲁国有个能工巧匠，他叫鲁班。

鲁班年轻的时候就对木艺非常着迷，他听说终南山上有位精通木艺的神仙，举世闻名，便决定上终南山跟这位神仙学艺。他骑着马，跋山涉水，跑了足足一个月，越过重重高山，蹚过条条溪流，历经千辛万苦终于到了终南山。

当鲁班登上高高的山顶，来到一大片树林时，看见林子里隐隐约约露出一座房子的屋脊。他兴奋地对自己说：“应该就是这里了。”

他走近房子，轻轻推开门，只见屋子里堆满了用坏的斧子、刨子，各种木料杂七杂八地散落在地上，屋子里连个落脚的地方都没有。一位头发花白的老人正在床上睡觉，他的呼噜声像擂鼓一般响。

鲁班觉得，这位头发花白的老人应该就是那位精通木艺的神仙。于是，他轻手轻脚地把地上的破斧子、烂刨子捡起来，收进木箱中，然后坐在地上，安静地等老人醒来。

等到太阳落山时，老人终于醒过来了。他看到坐在地上的鲁班，问：“你是什么人？”

鲁班立刻站起来，走上前自我介绍：“我叫鲁班，是从很远的鲁家湾赶到这儿，向您拜师学艺的。师父，求您收下我这个徒弟。”

老人听了，想了想说：“我不轻易收徒弟。如果你想向我拜师先要回答我的问题，答不出的话你就回去吧。”

鲁班从不轻易认输，但他担心自己答不上来，就说：“如果我今天答不上，明天再来答，明天答不上，后天再

行为描写

通过对鲁班的行为描写可以看出鲁班为了学艺，不辞劳苦，一路跋山涉水终于抵达了终南山，可见他不达目的不罢休的坚强意志。

名师解读

这位头发花白的老人十分邋遢，与人们想象中神仙的样子大不相同，然而鲁班毫不犹豫地收拾好散落的工具，安静地等待老人醒来。由此可以看出，鲁班不仅有超常的毅力，也十分有耐心，并且始终以谦逊的态度对待这位老人。

名师解读

老人打算考考鲁班，鲁班并没有立即作答，而是给自己留了一条后路。他告诉老人一定会通过自己的努力答对所有问题。一天不行就两天，两天不行就三天，由此可见鲁班这次前来学艺势在必得，侧面反映了他不达目的不罢休的坚强意志。

来答，我一定要坚持到答对为止。等我全部答对了，您一定要收我为徒，好吗？”

老人见他如此执着，点头默许，说：“第一题很简单：普通的三间房，大柁有几根？二柁有几根？檩子有多少？椽子有多少？”这太容易了，鲁班很小的时候就数过。他立刻回答：“大柁四根，二柁四根，檩子十五根，椽子二百四十根，对吗？”

老人露出满意的表情，摸着胡须又说：“第二题有些难度：手艺只学三个月和手艺学了三年，有什么区别？”

对于鲁班来说，这题并不难，他沉思片刻说：“学三个月，手艺在眼里；学三年，手艺在心里。”

老人满意地点点头，继续说：“第三题最难：有两个徒弟学成了，师父送给他们每人一把斧子。一把斧子可以挣来一座金山，一把斧子只能留下名声。如果是你，你愿意要哪把斧子？”鲁班毫不犹豫地说：“第二把，我要用斧头在人们心中刻下我的名字。”

老人听了哈哈大笑，笑容满面地说：“这三道题你都答对了，我答应你，从现在开始，你就是我的徒弟了。”他指了指装工具的木箱说：“首先你要知道，做我的徒弟，就要用我的工具。这些工具我已经五百年没用了，你先拿去磨一磨，磨好了再来找我。”

状物描写

从此处的描写可以看出木箱里的工具出乎鲁班的意料，都是残缺不全的，侧面反映了任务难度之大。

兴高采烈的鲁班连声答应。当他从木箱里拿出工具时，不由得吸了一口凉气：这里没有一样东西能用，斧子缺了口，刨子生了锈……

他毫无怨言，立刻找来一块又高又厚的磨刀石，夜以继日地磨起来，磨了整整七天七夜。让人欣慰的是，每一件工具都磨得像新的一样，闪闪发亮。这时鲁班肩膀酸痛，两只手布满血泡，厚厚的磨刀石也变成了薄薄的一片。

师父看到这些再次闪闪发光的工具，满意地点点头。他随手拿起一把斧子，递给鲁班说："用这把斧子把门前那棵大树砍倒。"

细节描写

通过对细节的描写可以看出这棵树的高大，以及要砍倒它的难度之大，也侧面反映出鲁班的坚持不懈。

这棵长了五百年的大树，高耸入云，几个人围抱树干都抱不拢。走到大树下，鲁班深吸一口气，抡起斧子就砍，足足砍了十二天才把树砍倒。

师父又拿起刨子，说："把刚才砍倒的树用这个刨子刨光，要刨得又光又圆。"

鲁班用斧头砍去大树的旁枝末节，只剩下笔直的树干。他又夜以继日地刨了十二天，才把树干刨得又光又圆，滑溜溜的连一根倒刺也没有。

师父又拿起凿子，说："用这个凿子在大柁上凿两千四百个洞。"鲁班听了，马上忙起来。瞬间，木屑像雪花似的纷纷扬扬，四处乱飞。鲁班凿了十二个日夜，圆满地完成了任务。

"好孩子，你做得很棒。"师父表扬说，"我肯定会把手艺全部传给你。你的基本功已经很扎实了，现在该开始学习怎样建造房子了，你跟我来。"说完，师父带着鲁班走进了一间屋子。

动作描写

通过此处的动作描写可以看出鲁班对于建筑模型的狂热喜爱，以至于他迟迟不舍得放下手中的模型。

这间屋子里摆放着许多大大小小的模型，各种建筑应有尽有，有楼阁亭台，有桥梁宫殿，有庙宇祠陵，还有桌子椅子等。鲁班看得眼花缭乱，他欣喜地走上前去，摸摸这个，瞧瞧那个，看到哪一个都不舍得放手。

"不要急，别光顾着看。"师父笑呵呵地说，"你把所有模型拆开来，然后原封不动地装回去，如果你能把这些模型都装好，那么就说明你的手艺已经学得差不多了。"

自此，鲁班每天都认真仔细地观察这些模型，反复琢磨，每个模型都认真地拆三遍，再装三遍，从不偷懒，并且乐在其中，不知疲倦。

三年时间过得飞快，转眼间，所有模型都被鲁班拆了三遍，装了三遍。

“你已经学到了全部的手艺，”师父满意地说，“我要检验你是否真的学有所成，现在你还要做一件事情。”话音刚落，师父就把模型全部毁掉，说：“你能重新造出一模一样的模型来吗？”

经过三年的学习，鲁班早已将那些模型的结构深深地刻在脑海中了。依靠记忆，他很快将所有模型分毫不差地重造了出来。

“对优秀的木匠来说，会做现成的东西是必须的，但是创新更重要。”师父说，“如果我说几样你没见过的模型，你能做出来吗？”鲁班回答说：“我一定认真做。您不满意，我就重做，一直做到您满意为止。”

鲁班对木艺有着极高的天赋，他天生就是一名优秀的匠人。师父说的新模型，他都做得出来而且做得很好，好像他以前见过似的。

师父看着眼前的鲁班和模型，说：“徒弟，你这三年的辛苦没有白费，你已经学会了我全部的手艺。明天你就可以下山了。”在三年的相处中，鲁班和师父已经结下了深厚的情谊，他不舍得离去，便央求说：“师父，我的手艺还不到您的一半，并不算精通。请您不要让我离开，我想继续学习。”

“徒弟，你不用谦虚。现在你的手艺不比我差。”师父笑着说，“以后，你要自己跟着自己学了。在这里用的那些工具，你都带下山吧，反正我留着也没用，免得到时候又生锈。”

听到师父这么说，鲁班感动地哭着说：“师父，您教我

阅读笔记

夸张

通过夸张的写作手法，形象生动地表现出鲁班的天赋极高。对于从未见过的模型也能完成得很好，可见他这三年的学习是多么认真、刻苦。

语言描写

通过师父的语言描写可以看出他是一个十分洒脱的人，根本不在乎金钱名利这些身外之物，侧面体现出他高尚的品格。

木艺，还送我工具，我该给您留点儿什么呢？”师父听了哈哈大笑道：“你什么也不用留给我，我什么也不要。下山后，你不丢师父的脸，而且能造出好的东西来，就足够了。”

鲁班见师父不肯再收留自己，只好收拾行李下山。

回到家乡的鲁班谨记师父的教导，用师父送给自己的工具，造了数不清的桥梁、房屋、家具等，他还发明了不少新工具。更让世人赞叹的是，他教授了很多徒弟，将木艺发扬光大，为木艺的发展做出了突出的贡献。为此，土木工匠都尊称鲁班为“祖师爷”。

精简点评

鲁班在坚持不懈的努力下，终于顺利出师，成为土木工匠眼中的“祖师爷”。通过这个故事我们知道了一个人有自己喜欢的事业固然重要，但是如果在自己喜欢的事业中不能积极进取、悉心钻研、脚踏实地地去学习，那么他即便再有天赋，最终都无法成功。

佳词美句

举世闻名　跋山涉水　毫不犹豫　夜以继日　纷纷扬扬　眼花缭乱

他走近房子，轻轻推开门，只见屋子里堆满了用坏的斧子、刨子，各种木料杂七杂八地散落在地上，屋子里连个落脚的地方都没有。

阅读思考

1. 鲁班对什么事情非常着迷？
2. 故事中老人问了鲁班哪三个问题？
3. 老人为了训练鲁班的基本功，都让他做了哪些事？

马 兰 花

从前有座大山，人们都叫它马兰花山，因为每到春天，山上会开满淡蓝色的马兰花。马兰花淡蓝色的花瓣优雅地向四周伸展，黄色的花蕊镶嵌在花瓣中间，像金子，像宝石，又像天上闪着亮光的星星，美丽极了。人们都说，马兰花是一种神奇的花，可以带给人们幸福。

叙述

文章开头对马兰花和马兰花山的基本情况做了介绍，起到统领全文的作用，并为下文做铺垫。

这年春天，马兰花到了开放的季节。一大早，太阳还没有爬上来，叽叽喳喳的小鸟就已经把马兰花山上的动物朋友们都唤醒了。大树爷爷身边聚集着小猴子、小兔子，还有领着小鹿的鹿妈妈，砍柴的王老爹也唱着山歌上山了，大家都等着看山崖上马兰花的绽放。

太阳出来，光芒四射，美妙的云彩笼罩着整座大山。随着马兰花的盛开，大家欢呼起来。每年王老爹都会来看马兰花盛开。王老爹全家住在山下，今天，他要给女儿摘一朵马兰花带回去做礼物。

王老爹小心翼翼地爬上山崖，在离马兰花没多远时，突然脚底下的石头松动，王老爹身子一抖掉了下去。最先看到的大树爷爷立即放声大喊：“不好啦，有人掉下山崖啦，快来救人！”话音刚落，一个健壮的小伙子飞向山崖，双手拖住了正在坠落的王老爹。

语言、行为描写

此为语言描写及行为描写，更加形象生动地表现出王老爹掉下山崖时的危急，也侧面反映了小伙子的矫健身姿。

王老爹得救了，惊魂未定的他对这个年轻人千恩万谢。年轻人说自己姓马，大家都叫他马郎。当马郎得知王老爹想摘一朵马兰花给女儿时，他问：“你女儿是每天早晨跟小鸟一起唱歌的那位姑娘吗？”王老爹连忙点头说：“是我家小兰，就是她。”正在这时，小兰的歌声又从山下传了过来："马兰山上马兰花，美丽高贵人人夸，有朝一日下山崖，天天唱歌献给它。"

马郎侧耳倾听，向空中招招手，不一会儿，一朵闪闪发光的马兰花飘下来，马郎伸手接住，将花送给王老爹。紧接着，他红着脸，又热情地问王老爹："老爹，请问能将您家姑娘嫁给我吗？如果可以的话，明天晚上我到小溪边去接她。"

名师解读

因为马郎救了王老爹一命，王老爹对其充满感激之情。从马郎救王老爹的行为可以看出他是一个十分英勇且乐于助人的年轻人。

王老爹说："救命恩人，我要回家问问才知道我的女儿愿不愿意嫁给你。"两人告别后，王老爹拿着马兰花，背上柴，高兴地往家走去。山脚下的西边有一棵大树，大树旁边的茅草房就是王老爹的家。

王老爹家里有一对双胞胎姐妹，她们长得伶俐漂亮。姐姐大兰有些懒惰，经常使唤妹妹干活。今天一早，王老爹正要出门，大兰就央求他到集市上给自己买花布，说是想做一件漂亮的衣服。王老爹出门没一会儿，她们的母亲让大兰去河边洗衣服。大兰嘴里答应着，却一动不动，母亲一走，大兰对刚洗完碗的小兰说："妹妹，你去把衣服洗了吧！"小兰见姐姐不愿意干活，也没有说什么，弯下腰，端起盆子，就去河边洗衣服。

名师解读

大兰与小兰虽说是一对双胞胎，但两人的性格有着很大的差异。老大十分懒惰，经常指使妹妹干活。而老实勤快的妹妹见姐姐不愿意干活，也没有多说什么，替姐姐扛下了所有担子。由此可见姐姐的懒惰、自私，同时也反衬出妹妹的勤劳、朴实。

"快来看哪，马兰花！"王老爹一进门就大声喊着。大兰正在房里吃着又香又脆的大饼，听见王老爹的声音，她立刻走了出来，她一见王老爹，就着急地问："爹，我要的花布呢？"王老爹生气地说："我在山上砍了一早上的柴，哪里还有时间去集市，只有这朵马兰花。"

"谁稀罕，一朵普通的小野花！"大兰不高兴地说着。

"这朵马兰花可不是普通的花！"王老爹说，"这是马兰花山上一个叫马郎的年轻人送给我的，你仔细看，它能闪闪发光呢！马郎还问你们姐妹俩谁愿意嫁给他呢！"

大兰一听，马上说：“我愿意，我愿意！”

王老爹笑着说：“你愿意的话，那这朵马兰花就给你吧！”

大兰急忙点头，接过马兰花不停地摆弄着。接着，大兰问王老爹：“那个马郎住在哪儿，家里有多少田，有多少房，有多少用人？”

王老爹说：“他住在大山里，没有大房子，也没有好田地，跟咱家一样，都是靠自己的双手过日子的人。”

大兰皱起眉头，有些不乐意地说：“那嫁给他，岂不是要受苦？那谁愿意呀！”说完，她便把马兰花还给王老爹，转身回房继续吃大饼去了。

这个时候，小兰端着一盆洗好的衣服，满头大汗地回来了。

“小兰，你看！”王老爹举着马兰花说。小兰放下盆子，高兴地接过马兰花，捧在胸前。王老爹又说起马郎提亲的事，并提醒小兰说：“好孩子，山上的生活很艰苦，你要自己拿主意。”小兰坚定地说：“我愿意嫁给马郎，他救了爹，是我们家的恩人。我不怕吃苦，和勤劳的人在一起，生活肯定会越来越好的。”拿着马兰花的小兰，想象着今后的生活，不禁有些陶醉。

第二天晚上，一轮明月挂在空中，银色的月光笼罩着山林和原野，在爹娘的陪伴下，穿着漂亮衣服的小兰，出门向西边的小溪走去。有点不太高兴的大兰借口自己身体不舒服，躲在家里睡觉，没去送小兰。

银色的月光下，马郎早就等在小溪边。小猴子、小兔子，还有领着小鹿的鹿妈妈也都陪伴着他。此时，动物们大声欢呼起来，美丽的五彩云霞飘在空中，在亲人和朋友的见证下，马郎和小兰举行了浪漫的月光婚礼。婚礼完毕，小兰便登上马郎用一整棵大树雕刻成的大

叙述

通过大兰的提问可以看出，她是一个十分在意金钱和物质的女子。

行为描写

此处通过对小兰的行为描写，更加突显了小兰知足、勤奋、美好的正面形象。

环境描写

此处通过对周围环境的描写以及动物们的行为描写让读者深切地感受到月光婚礼的唯美与浪漫，可见马郎和小兰的婚礼受到了很多人的祝福。

船，告别了爹娘。爹娘依依不舍地叮嘱她说：“我的好姑娘，明年马兰花开的时候，一定要回家来看看我们！”

叙述

通过这一段的叙述可以看出小兰与马郎结婚后，日子过得安宁快乐，夫妻二人恩爱幸福。

小兰答应了父母的请求，和马郎一起坐着船，来到山里边。

小兰和马郎很勤劳，他们努力种田，生活得很快乐。秋收的季节到了，农田里长满了丰收的果实，他们用自己织的布做衣服，两人生活得很幸福。第二年春天一到，马兰花争相开放，小兰也要回家看望爹娘了。临别时，马郎拿出一朵马兰花递给小兰，叮嘱她说：“小兰，这朵马兰花会保你一路平安，你一路上要注意安全。”小兰含泪点头。

动物朋友们为小兰的爹娘准备的礼物在院子里堆成了山，这些礼物有他们自己酿的酒、昂贵的灵芝，还有各种各样的新鲜瓜果。看到动物朋友们对自己这么好，小兰很高兴，但也发愁地说：“这么多的礼物，我怎么带得了啊？”马郎笑着说：“小兰，不用担心。”他说完，举起那朵马兰花，嘴里轻轻地念叨起来：“马兰花，马兰花，风吹雨打都不怕，请你现在就开花，礼物全都带上吧！”

马郎刚念完，神奇的事就发生了：所有的礼物竟然排着队飞进了马兰花中。小兰高兴得直拍手：“哈哈，这下礼物就好带了。”马郎把小兰送上了船，叮嘱她说：“去吧，小兰，你回家好好陪陪爹娘。现在正是农忙的季节，我实在走不开。我明天早上会到小溪边去接你。”

行为描写

通过对老黑猫的行为描写，为故事的发展做好铺垫，并且通过对老黑猫的介绍，设下了悬念，引起读者的阅读兴趣。

小兰一边撑起船，一边唱起歌，开开心心地往家走。小兰没有发现，岸上山林中的老黑猫偷偷地跟在她身后，这只生活在马兰花山的老黑猫坏得出了名。它一直想得到那朵神奇的马兰花，这样就可以霸占整个山林。

下了船，小兰一路走到娘家院子里的石桌前，从发髻上摘下马兰花。她轻轻地念叨起来：“马兰花，马兰花，风吹雨打都不怕，请你现在就开花，所有礼物出来吧！”她刚刚念完口诀，所有的礼物就井然有序地飞了出来，整整齐齐地摆在石桌上，堆成了一座小山。随后，小兰把马兰花插回发髻上，大声喊起来：“爹、娘，我回来了！”

听到喊声，王老爹和他的妻子、大兰都高兴地跑出来，他们围着小兰问长问短，小兰把礼物全部分给家人。酒和灵芝送给了爹，瓜果、野菜送给了娘，自己做的漂亮衣服送给了姐姐。王老爹和妻子都高高兴兴地拉着小兰走进屋中。而大兰独自坐在石桌旁，有些失落，她又嫉妒又懊悔地说：“原来嫁给马郎这么幸福，我好傻，那幸福本来是我的，却被自己弄丢了。”想着想着她哭了起来。

场景描写

此处通过场景描写可以看出父母在看到小女儿回来之后，内心非常激动和喜悦。小兰还带回来了丰厚的礼物。

伤心的大兰突然听见院子里有声音，她擦了擦眼泪，抬头一看，一只目露凶光的黑猫站在自己面前。没等大兰反应过来，老黑猫就抢先说话了：“不要怕，我是一只好心的猫，是专门来帮你的。你说得对，幸福本来就是你的。只要你按我说的去做，我就可以帮你找回幸福。喵，喵！”老黑猫说完就跳上石桌，俯身上前，对大兰说了几句悄悄话，大兰似懂非懂地点点头。

第二天清早，小兰准备出发时，大兰竟然主动要求护送妹妹回去。她们快到小溪边时，大兰摸着小兰的衣服，说：“好妹妹，你的衣服和耳环真好看！”小兰听到大兰的话，大方地说：“那我就把衣服、耳环送给姐姐吧！”大兰毫不客气，穿上小兰的衣服，戴上小兰的耳环。大兰又说：“好妹妹，你发髻上的马兰花也好看，你把它送给我吧！”小兰很犹豫，说：“好姐姐，这朵花是马郎的宝贝，我不能送给你。”

名师解读

大兰听从了黑猫的话，她穿上了妹妹的衣服，戴上妹妹的耳环，并且想拿走马兰花。但是小兰并没有打算将马兰花给姐姐，因为这朵马兰花是马郎的心爱之物，不能随便将它送人。由此可见，小兰不仅勤劳善良，而且非常有原则。

老黑猫躲在树上，听到小兰这么说，再也忍不住了，它飞快地冲下来，一把抢走了那朵马兰花，还顺势将小兰推进溪水中，很快，小兰在水中挣扎了几下，就没了踪影。当大兰回过神时，她又伤心又害怕，激动地向老黑猫喊着："我没有让你害死我妹妹，我只是让你帮我找到幸福，你这个坏蛋……"大兰一口气接不上来，晕了过去。

得意的老黑猫拿起马兰花，念起来："马兰花，马兰花，风吹雨打都不怕，请你现在就开花，金银财宝送来吧！"随后老黑猫闭上眼睛，想象着眼前堆满财宝的情景，但等它睁开眼睛，一切如常，什么也没有发生。老黑猫不相信，它急忙又念了一遍口诀，还是什么也没有发生，老黑猫无比失落，但也无可奈何。"可能是口诀不对吧！"老黑猫安慰自己说，"我得等大兰醒了问问大兰。"

名师解读

通过老黑猫的行为及语言描写可以看出它并没有因为得到马兰花而诡计得逞，马兰花的口诀在它这里并不生效。

大兰一醒过来，就对着老黑猫又哭又骂，还要扑上去和它拼命。狡猾的老黑猫非但不害怕，眼珠一转，又想出一条诡计来。它满脸堆着笑说："大兰姑娘，我也是为了帮你找回幸福才这样做的！现在事情都已经发生了，你要是回到山下，让你爹娘知道你妹妹是被你害死的，她们一定不会原谅你的。你看，你和你妹妹小兰长得一模一样，现在你可以代替她，幸福就在你面前，你可别再弄丢了，马郎就要来了，你看着办吧。"

语言描写

从此处描写可以看出这只老黑猫十分阴险狡诈，它想威逼利诱大兰，达到自己的目的。

大兰心中纠结万分，但最后还是听了老黑猫的话。不久，马郎的船过来了，看见马郎的大兰，不知所措。这时，老黑猫又悄声对她说："不用怕，我会跟着你一起去的！"马郎高兴地从船上跳下来迎接"小兰"，看见她低头不语，马郎关切地问："小兰，你怎么啦？"大兰为了掩饰自己的慌乱，赶紧撒谎说："可能是这两天来回奔波累着了，身体不舒服。对了，我娘让老黑猫来帮我们做事。"

回到家，"小兰"推说自己身体不舒服想睡觉，马郎回到卧室，对"小兰"说："小兰，你好好睡一觉。睡觉前，你能把马兰花还给我吗？""小兰"从床上坐起来，装模作样地伸手去摸发髻，着急地说：“哎呀，我不小心把马兰花丢在路上了！”马郎听了，面色煞白，忙问“小兰”在哪儿丢的。“小兰”说：“我不记得了，可能就在溪水边。”

> **语言、神态描写**
> 通过对马郎和大兰的语言描写及神情描写可以看出，这朵马兰花在马郎心中的位置是极其重要的。

马郎焦急地奔出屋子，一路寻找。大兰怔怔地坐在床上一动不动，马郎找遍了所有的角落，也没有找到马兰花。马郎实在太累了，躺在溪水旁的石头上就睡着了。睡梦中，他梦见自己走到小溪边，又走进溪水深处。最后，在水底的水晶宫中，见到了妻子小兰，正当他高兴地向小兰跑过去时，一股巨浪向他涌来，浪散了，他也被惊醒了。他想：“这个梦好奇怪，不会是小兰出事了吧？”此时，小鸟飞过来给马郎报信说：“马郎，是大兰带着老黑猫抢走了马兰花，害死了小兰。”

马郎听了，立刻回家。这个时候，凶神恶煞的老黑猫正在逼问大兰马兰花的口诀。老黑猫一看马郎回来了，立刻就溜了。大兰哭着跑过来，将老黑猫害死妹妹的事如实告诉了马郎。这时候，所有的动物朋友都愤怒地呼喊着：“朋友们，让我们抓住老黑猫这个坏蛋。”

> **神态、语言描写**
> 通过此处描写可以看出动物们对这只老黑猫的阴险狡诈非常厌恶，并且大家都想惩治这只坏猫。

为了躲避动物们的围追堵截，老黑猫急忙拿出马兰花，念叨着：“马兰花，马兰花，风吹雨打都不怕，请你现在就开花，变成猎人保护我吧！”但是仍然什么也没有发生，老黑猫惊慌失措，它迷迷糊糊地四处逃窜，不知不觉中竟然走上了山崖，不死心的老黑猫再次拿出马兰花，念起口诀，想变出一辆大马车帮助自己逃跑，可依然什么都没有发生。

这时，马郎出现了，他愤怒地说：“别做梦了，只有勤劳、善良的人们才会得到马兰花的帮助，你这样的坏蛋，不要想了，快把马兰花还给我！”老黑猫还没来得及反抗，马兰花就被马郎一把抢了过来，接着老黑猫被马郎一脚踹下了山崖。

带着马兰花的马郎，跑到溪水边，含着热泪，对着溪水，举起马兰花，口中念着："马兰花，马兰花，风吹雨打都不怕，请你现在就开花，护送小兰回来吧！"口诀刚念完，小兰就被美丽的大荷花托着缓缓浮出了水面。走下大荷花的小兰，飞奔向大家。动物朋友们高兴极了，大兰跑过来抱住妹妹，声泪俱下，追悔不已。小兰知道姐姐是受了老黑猫的欺骗和蛊惑，没有责怪姐姐。

动作描写

通过大兰的动作描写表现出她内心的自责与后悔，可见大兰还是有一定的良知的。

最后，山林中又响起了歌声："马兰山上马兰花，风吹雨打都不怕，努力勤劳靠自己，幸福快乐传佳话。"

精简点评

通过这个故事，我们可以看出大兰是一个目光短浅且爱慕虚荣的人，与幸福的生活失之交臂。所以，我们应该以此为戒，看事物不能只停留在表面，目光应该放长远，并且学会用心去感受美好的生活。

佳词美句

光芒四射　小心翼翼　惊魂未定　风吹雨打　装模作样　惊慌失措

从前有座大山，人们都叫它马兰花山，因为每到春天，山上会开满淡蓝色的马兰花。马兰花淡蓝色的花瓣优雅地向四周伸展，黄色的花蕊镶嵌在花瓣中间，像金子，像宝石，又像天上闪着亮光的星星，美丽极了。

阅读思考

1. 故事中王老爹在采花的途中发生了什么事情？
2. 王老爹的两个女儿在性格上有什么不同？
3. 大兰在听从黑猫的诡计后，对小兰做了什么？

牛郎织女

在中国的传说中，织女和牵牛是天上的两位神仙。天界律令严明，不允许谈情说爱，但是织女和牵牛两个人情投意合，相互爱慕。他们违反了天界的禁令，因此天界要惩罚他们，将他们贬到凡间。因为织女是王母的孙女，王母不忍心让织女去凡间受苦，于是惩罚织女多织云锦，而牵牛则被贬下凡间。

> 叙述
> 文章开头对主人公的背景做了简单的介绍，为故事的发展做了铺垫。

织云锦，就是用一种神奇的丝在织布机上织成美丽的云彩，随时间和季节的变换这种云彩能够改变颜色，人们称它为“天衣”。牵牛被贬入凡间后，织女因为过度思念牵牛，整日郁郁寡欢，以泪洗面。她想：要是自己能织出大量美丽的云锦，王母心情一好，说不定就能开恩让牵牛提前返回天界。

有一天，几位仙女想去人间碧莲池，便去央求王母，当时王母心情不错，便答应了她们的请求。几位仙女知道织女每天都很不开心，就请求王母让织女和她们一起去。王母娘娘想到受罚后的孙女整日郁郁寡欢，心疼不已，便同意了，让她们速去速回。

> 叙述
> 通过这段叙述可以看出王母很疼爱织女，看到她整日郁郁寡欢，心疼不已。

牵牛被贬入凡间后，投胎到一户穷人家里，父母给他取名牛郎。牛郎自幼父母早逝，哥哥嫂子带着他过日子。没多久，哥嫂便觉得牛郎是个累赘，提出要与他分家。牛郎不得已只能同意。哥哥嫂子拿走了大多数的东西，只给牛郎留下了一头老牛和一辆破车。

从此，牛郎和老牛在一起生活。没有田、没有房，他就自己开垦荒地，自己盖房。几年后，牛郎靠自己勤劳的

> 叙述
> 面对被赶出家门、无田无房的困境，牛郎没有怨天尤人，而是凭借自己勤劳的双手改变生活，由此可见其坚强的性格。

双手搭建起了属于自己的家，温饱也得到了解决。牛郎和老牛相依为命，但老牛不会说话，牛郎很是孤单寂寞，家里也显得冷冷清清。然而，牛郎不知道和自己相依为命的老牛并不是普通的牛，它是天上的金牛星转世。

名师解读

牛郎和老牛相依为命，对于牛郎的善良，老牛是看在眼里的，作为金牛星转世的老牛，神通广大，而牛郎听了老牛的话，没有任何怀疑就照做了，可见他对老牛非常信任。

这天，老牛突然张口说起了人话，他对牛郎说："牛郎，今天你必须去一趟碧莲池，有几个仙女会到那里洗澡，你躲好，把红色的仙衣拿走藏起来，你就能娶到一位美丽的妻子。"

听到老牛说的话，牛郎感觉不可思议，追问道："牛大哥，你怎么会说话？这是真的吗？"老牛点点头，牛郎立刻前往碧莲池，偷偷藏在碧莲池附近的芦苇里，静静地等仙女们来。

不久，果然如老牛所说，几位仙女从天上飘然落到碧莲池边。她们脱下仙衣，跳入清澈的潭水中。牛郎蹑手蹑脚地走出芦苇丛，拿走了红色的仙衣，但还是不小心惊动了仙女们。仙女们见有人来了，便惊慌失措地穿上衣服，急忙向空中飞去，有一个仙女因为没有衣服，不得不留了下来，那个仙女就是织女。见自己的衣服被人拿走，织女又羞又急，却也没有办法。此时，牛郎走过来对她说，要是她答应嫁给他，他就将衣服还给她。织女听了抬头一看，认出牛郎就是自己朝思暮想的牵牛，立刻又害羞又高兴地答应了他。之后，两人就成了亲。

动作、神态描写

通过对织女的行为描写可以看出她对牛郎用情至深，也印证了"有情人终成眷属"这句话。

成亲后，两人男耕女织，相亲相爱，生活幸福安乐。没多久，织女就生下了一儿一女，两个孩子聪明可爱。这样的生活，牛郎织女都感到很满足。他们以为能一直这样相守到老。

但没过多久，织女的事情就被王母知道了，她勃然大怒，即刻派遣天兵天将到凡间捉拿织女回天庭问罪。

此时此刻，织女正在做饭，看见牛郎拼命往家里赶，牛郎含着泪，红着眼告诉织女："牛大哥死了，临死前让我将它的牛皮剥下，保存好，披着它可以飞上天。"听了牛郎的话，织女觉得很奇怪，她知道老牛是天上的金牛星转世，当初老牛被贬入凡间就是因为替被贬下凡的牵牛说了几句公道话。织女虽然很奇怪老牛为什么突然死了，但还是让牛郎听从老牛的话，保存好剥下的牛皮，厚葬了老牛。

神态、语言描写

此处描写突显出老牛对牛郎的忠心，临死前还不忘帮助牛郎。

这时，突然狂风大作，一群天兵天将从天而降，他们二话不说，抓起织女就飞回天庭。

阅读笔记

没飞多久，织女突然听到牛郎的喊声："织女，等等我！"织女回头看到牛郎身披牛皮，挑着箩筐，筐里坐着一双儿女。他们的距离越来越近，织女已经可以看清孩子们可爱的模样。看到织女，孩子们张开双臂，哭喊着要妈妈。眼看着牛郎就要追上织女了，王母站在一朵祥云上飘向他们，只见她拔下金簪，在两人之间轻轻地一划，一条宽阔的天河便将两人隔开了。

织女望着天河对面的牛郎和孩子们，无可奈何，只能声嘶力竭地哭着。牛郎和孩子们看着织女也越哭越伤心。大人的哭声中夹杂着孩子们呼唤妈妈的声音，让在场的神仙都于心不忍。看到这个场面，王母也为之动容，她被牛郎和织女的坚贞爱情感动，于是同意牛郎和孩子们留在天上，让他们和织女在每年的七月初七相会一次。

名师解读

通过场景描写可以看出织女与孩子、丈夫分离时的悲痛欲绝，任何人看到都会为之动容，最终王母也被感动，同意了他们在每年的七月七相会。

从这以后，牛郎和孩子们留在了天上，他们和织女在天河两岸遥遥相望。每逢秋天晴朗的夜晚，我们抬头就可以看到银河两边有两颗又大又明亮的星星，那就是织女星和牛郎星。在牛郎星附近还有两颗小星星，那就是他们的两个孩子。

每年的七月初七，是牛郎织女相会的日子，这天会有成群的喜鹊飞来为他们搭桥。在鹊桥上织女和牛郎团聚，紧紧相拥，深情对望，他们有太多的话要说，有无尽的情意要倾诉。

人们都说在每年七月初七这一天，如果在葡萄藤下静静地听，就可以隐隐听到仙乐奏鸣，那是牛郎织女在说情话。

再后来，每逢七月七，姑娘们也会来到月下，看着牛郎星和织女星，希望他们经过一年的离别，能够在鹊桥上相会。同时祈求上天能让自己像织女那样心灵手巧，遇到如意郎君，并能拥有幸福美满的生活。这就是七夕节的由来。

解释说明

解释说明了七夕节的由来，起到总结全文的作用。

精简点评

牛郎因为与织女相爱，触犯天规，被贬下凡。然而就是这样，依然没能阻止两人的相见。下凡的织女与投胎转世的牛郎再一次相见，两人坠入爱河，结婚生子，日子过得幸福又快乐。但是两人的事情被王母发现了，最终王母用银河将两人隔开，只准许两人每年七夕见一面。这个故事不仅浪漫，还表现了凄美曲折的爱情，也折射出中国古代劳动人民对忠贞不渝的爱情的追求和向往。

佳词美句

情投意合　郁郁寡欢　以泪洗面　勃然大怒　声嘶力竭

因为织女是王母的孙女，王母不忍心让织女去凡间受苦，于是惩罚织女多织云锦，而牵牛则被贬下凡间。

阅读思考

1. 牵牛为什么会被贬下凡间？
2. 牛郎身边的老牛的真实身份是什么？
3. 现在的七夕节相传是怎么来的？

凤栖梧桐

凤栖梧桐是我国的民间故事，这个故事有两个版本。一个版本讲的是一位有志青年带领乡亲们致富，被大蟒蛇害死，为了纪念他，乡亲们在他坟上栽种了一棵梧桐树，高大的梧桐树引来了凤，凤听说了青年的故事后很感动，从此只愿意在梧桐树上栖息，它还衔来各种植物的种子，帮助乡亲们致富。而我们现在要讲的则是这个故事的另一个版本。

解释说明

解释说明了"凤栖梧桐"这个故事的第一个版本，并引出下文关于第二个故事版本的叙述。

凤和小鱼是一对好朋友。

小鱼住的小河流过了整座森林。小河滋养着森林里的植物。小河发源于一座高高的山上，这座高山上住着一位修炼了几十年的老道士，他即将成仙，住在附近的人平常都看不到老道士。

小鱼眼神明亮，尾巴很长，身上的鱼鳞光滑闪亮，长得好看极了，每当小鱼跃上水面，光滑的鱼鳞就会在阳光下闪耀着七彩的光泽。

小鱼有一个梦想，它想游到小河的源头，看看那里是什么样的。它也听说了老道士的事情，很想和道士一起修炼成仙。

老道士听说了小鱼的梦想，为此专门来看望小鱼。老道士来的时候，小鱼在水上跳着玩儿，当它看见老道士时，还以为是自己眼花看错了。

"老爷爷，您就是传说中要修炼成仙的道士吗？"小鱼激动地问道士。

"是我，我听说你是一条有梦想的小鱼，今天专门来看看你！"道士微笑着回答。

名师解读

老道士知道小鱼拥有自己的梦想，特意亲自前来看望。由此可以看出一个人拥有梦想是一件极其美妙的事情，它可以支撑着你，坚定地走在人生之路上。

名师解读

老道士嘱咐小鱼一定要牢记自己的梦想，因为不忘初心，方得始终。只有在拥有梦想的同时，始终坚定内心的想法，才能将梦想变为现实。

小鱼急忙落回水中，游到岸边，想离老道士近一些。

风听见小鱼和道士的对话，飞过来，停在水面上。

道士拿出一个宝瓶，倒出一粒仙丹，这粒仙丹像颗种子一样。

“小鱼，你要牢记自己的梦想。来，吃了它，这粒仙丹能帮助你实现梦想！”

谢过道士后，小鱼一口吞下仙丹，它高兴极了，尽管仙丹吃起来有点儿噎，小鱼还是在水中欢快地跳起舞来。它非常感谢老道士送仙丹给自己。

老道士看小鱼在玩水，转头对风说：“风，你要好好照顾小鱼，你和它有很深的缘分！”

话音刚落，老道士就消失不见了，他没有看到风向他点头，这是风答应老道士，自己一定会尽力照顾好小鱼的。

风和小鱼整天形影不离——小鱼游到哪里，风就会飞到哪里。

这年，森林里发生了严重的旱灾，河流渐渐干涸，小鱼不得不努力向上游游去。因为担心小鱼，风每天紧紧地跟着小鱼，盘旋在小鱼的上空。看到小鱼越来越虚弱，动物们都很想帮助小鱼，但是它们怎么也找不到水源。这时，风想了一个办法。

行为描写

通过风的行为描写可以看出它十分在意小鱼，小鱼因河水干涸而面临死亡，风则想尽各种办法帮助小鱼。

风飞到了老道士所在的高山。它找遍了整座山，也没有看见老道士，因为他已经成仙了。但是风在老道士的住处找到了一个用树皮缝的袋子，里面装着没喝完的水。风叼着这半袋子水飞回去找小鱼……

可风还是晚了一步，当它赶回来时，小鱼已经死了。风只看见一个向着太阳的小土堆，这个小土堆是小鱼的坟，是动物们将小鱼葬在了这里。

因为小鱼的死，风伤心极了，对没有及时运水回来自责不已。当它把半袋水洒在小鱼的坟上，又想起老道士的话："凤，你要好好照顾小鱼，你和它有很深的缘分！"

此后，凤每日都飞上高山，向着太阳鸣叫。等到太阳落山的时候，凤便不再鸣叫，停在小鱼的坟前，给它讲百鸟的故事。周而复始，从不间断。

过了几天，已经成为仙人的老道士来到凤的身边。他冲着凤点了点头，径直走向小鱼的坟，弯下腰，挥了挥衣袖，小土堆瞬间消失了，露出来一棵嫩绿的小树苗。

其实，老道士给小鱼吃的不是仙丹，而是一粒梧桐树种子。小鱼死后，树籽儿随同小鱼一起埋在了小土堆里。正是凤洒下的半袋水滋养了这粒梧桐树籽儿……

老道士成仙后，拥有强大的法力。只见他衣袖一挥，梧桐树就飞快地长了出来。

小鱼很坚强，它的灵魂并没有散去，在梧桐树长出来后，小鱼的灵魂和梧桐树完全融合在一起了。

临走之前，老道士对凤说："小鱼曾是你最好的朋友。现在，你可以把梧桐树当作小鱼。今后，梧桐树就是你的好朋友了。你每天坚持站在高山上向太阳鸣叫，梧桐树很快就会长大的。"

凤作为小鱼最忠诚的朋友，每天早上太阳出来时就开始鸣叫。每天晚上给有着小鱼灵魂的梧桐树讲百鸟的故事。时间飞逝，在凤的鸣叫声中，梧桐树迎着太阳越长越高，枝繁叶茂。在长高的过程中，梧桐树看到了小河的源头，那里鲜花盛开，百鸟鸣唱，美丽极了。

这时，凤听到梧桐树对自己说："凤，我的好朋友，谢谢你一直陪伴我，现在我终于实现了梦想，我已经看到小河的源头，像你说的那样，百鸟都在唱歌呢！"

听到这些话的凤很高兴，它和小鱼相伴相守，生死相

行为描写

由此处描写可以看出凤与小鱼之间的情谊十分深厚。

阅读笔记

语言描写

通过语言描写可以看出梧桐树对凤的付出十分感激，同时也反映了两者之间深厚的感情。

随，共同追逐梦想，创造奇迹，那些经历就是它最宝贵的财富。它迎着阳光，跳到高高的树枝上，欢快地歌唱起它们之间美丽的故事。这优美的歌声引来了凰，它敬佩凤，并和凤成了伴侣。

凤得到仙人的指点，又有了凰做伴，最终成为百鸟之王。但是它始终只愿意栖息在梧桐树上。

再后来，生长着梧桐树的那座山就被人们叫作梧桐山。在梧桐山上，生长着很多梧桐树。传说凤和凰化身成美丽的“梧桐烟云”，一直守护着梧桐山。

精简点评

小鱼和凤是一对好朋友，但是小鱼因为找不到水源，最终死掉了。凤则一直陪在小鱼的坟前，给它讲故事。凤洒下的水滋养了小鱼腹中的梧桐种子，在老道士的帮助下，梧桐树飞快得长了出来，小鱼和梧桐树融合在一起。从此，小鱼和凤就这样一直相伴终生。通过这个故事我们可以看出小鱼和凤之间的友情十分深厚，他们之间不离不弃的友谊令人动容。

佳词美句

形影不离　周而复始　枝繁叶茂

小鱼眼神明亮，尾巴很长，身上的鱼鳞光滑闪亮，长得好看极了，每当小鱼跃上水面，光滑的鱼鳞就会在阳光下闪耀着七彩的光泽。

阅读思考

1. “凤栖梧桐”这个故事有几个版本？
2. 在这个故事中小鱼最后变成了什么？
3. 小鱼死后，凤是怎么做的？

勇敢的长发妹

白发水是一道美丽的瀑布，它从陡高山的半山腰上倾泻而下。透过阳光，从远处看就像一头白发从山上垂下，因此当地的人把这瀑布叫作白发水。在当地，有一个关于白发水的美丽传说。

很久之前，陡高山上没有水。村民吃水用水都很困难，因此经常要储存雨水。如果雨下得少的话，村民就不得不去很远的小河挑水。所以，在陡高山，水很珍贵。

在陡高山附近有一个村庄，村庄里住着一个可爱的小姑娘，她的头发很长，从头顶垂到脚后跟，大家都叫她长发妹。长发妹的妈妈生病瘫在床上，长发妹靠养猪维持家里的生活。她从早忙到晚，每天要去很远的小河挑水，还要上陡高山扯猪菜喂猪。

> **叙述** 此处对长发妹的家庭背景简要介绍，以此为文章后续做铺垫。

这天，长发妹到陡高山去扯猪菜，她背着背篓爬到山腰，突然看见悬崖壁上有一簇翠绿翠绿的萝卜缨。她想把这个甜脆可口的萝卜带回家去给妈妈吃，便抓住萝卜缨用劲儿一拔，谁知拔出红萝卜后，石壁上出现了圆圆的洞眼，洞眼中竟然涌出了清澈的泉水。长发妹高兴地伸手去接，只见萝卜从她手里飞了回去，塞住洞眼，泉水流不出来了！口渴难忍的长发妹，又把萝卜拔了出来，用嘴凑近洞眼，痛快地喝了起来。那水像雪梨汁一样清凉甘甜。当她的嘴刚离开石洞时，“唰”的一声，萝卜又从她手里飞出去，把洞眼堵住了。紧接着一阵大风，把长发妹刮进山洞。洞里的山神凶神恶煞地威胁她，不准把这个秘密告诉村民，不然就要了她的命。忧心忡忡的长发妹

> **比喻** 这里运用比喻的修辞手法，生动具体地描写出泉水的甘甜。

回到村里，她看见村里干裂的农田，枯黄的庄稼，以及每次挑水都累得满头大汗的村民，她很想把山泉的秘密告诉他们。长发妹惧怕山神，却又同情村民，愁得整夜睡不着觉。她的长头发从黑油油变得枯黄。最后，长发妹的头发全都变白了。

这天，长发妹看见一个白胡子老爷爷从很远的小河里挑回一担水，颤巍巍地走在路上，一不留心，跌倒在地上，水全洒了，老爷爷的腿也被摔得鲜血直流。长发妹赶忙跑过去扶起老人，想要帮老人止血，但老人顾不得腿上的疼痛，嘴里不停地念叨着："水，水……"看到这情形，长发妹实在忍不住了，她站起来大声对老人说："老爹爹，陡高山上有泉水啊！只要拔掉石壁上的萝卜，砍碎萝卜，

名师解读

长发妹看到身负重伤的老爷爷不顾身体的疼痛一心想挽回洒了一地的水，最终决定将泉水的位置告诉可怜的老人。她不惜以自己的生命为代价来帮助老爷爷，可见长发妹的勇敢和善良。

凿大洞眼，就会有甘甜的泉水。这是我亲眼看见的！”

她跟老爷爷说完，转身就跑进村子，大声地喊：“陡高山上有泉水，大家快跟我去凿开泉眼，我们就有甘甜的泉水了！”村里的人听后围住了长发妹，她如实地告诉村民们自己发现泉水的经过，却对山神的威胁只字不提。在村里，长发妹是有名的好心肠，大家都相信她。听到陡高山上有甘甜的泉水，大家马上行动起来，拿着菜刀、钢凿，跟着长发妹爬上陡高山，找到了那根大萝卜。长发妹指着萝卜，激动地告诉大家：“就是这个萝卜，只要拔掉它，再砍碎它，我们就有水啦！”话音刚落，长发妹伸出手拔下萝卜，把萝卜丢在地上，说：“大家快砍碎它，砍碎它。”村民们急忙挥起菜刀飞快地将萝卜砍碎。随后清澈的泉水便流了出来，但此时的泉眼太小，水流也只有胳膊一般粗。“大家快用钢凿把泉眼凿大，水就多了！”长发妹说完，村民们马上就行动起来，凿了没一会儿，泉眼就有水缸那么大了，哗哗的泉水立刻顺着山崖流下去，村民们捧着甘甜的泉水喝了起来，大家兴高采烈。可是大家都没发现，长发妹被一阵大风刮走了。原来是山神抓走了她。

名师解读

长发妹已经将泉水的事情全部告诉老爷爷，她知道山神不会放过她，索性把这件事告诉了所有人，好让村民们都能喝到甘甜的泉水。而她，已经全然不顾自己的性命了，由此可见她牺牲自我、成全大家的优良品质。

山神气急败坏：“你告诉了村民，还带着人凿开泉眼，我要杀死你！”但是长发妹毫不畏惧，她冷冷地说道：“只要村民能喝上水，我不怕死！”“你会受尽折磨和痛苦，我不会让你死得那么容易，我要让你躺在悬崖底下，让泉水从高处冲打你的身体！”气红了眼的山神说。长发妹勇敢地说道：“为了大家，我甘愿被水冲打，甘愿受尽折磨。可是我求你让我回一趟家，安顿好我生病的妈妈和家里的小猪崽。”山神想了想，凶狠地说道：“你可以回去一趟！但是你要是不回来，我会封住泉眼，杀死你们全村的人！你回来时，自己躺在悬崖上接受惩罚吧，不要再来

语言、神态描写

通过长发妹的语言及神态描写可以看出她对山神的威胁没有丝毫的畏惧之心，一心只想让村民们喝上水。

打扰我了！”长发妹答应了，紧接着一阵大风就把她从洞里刮到山脚下。看着泉水哗哗地流下来，大地恢复了生机，处处鸟语花香，庄稼也变得绿油油的，长发妹开心地笑了。她回到家里，给妈妈做好饭，又喂了猪，请求村民们照看好妈妈。把一切安顿好后，她对妈妈说要去隔壁村里玩，临走前，她在房门口说了一句：“妈，我走了！”然后就义无反顾地向陡高山走去。

到了傍晚的时候，善良的长发妹却又出现在了家里，满头的白发也变回了之前黑黝黝的样子。这就奇怪了，长发妹不是去陡高山接受山神的惩罚了吗？怎么又回来了呢？原来当长发妹路过山脚下大榕树的时候，善良的大榕树想帮助好心的长发妹，就想了一个骗过山神的好办法，它用石头雕刻了一个假的长发妹，把长发妹的白头发扯下来安在石头人身上，将这个假的长发妹放在悬崖上，被湍急的泉水冲打。泉水冲在石人身上，顺着石人的头发流下山来，长长的，白白的。山神也没有仔细看，以为是长发妹在受罚。而扯下白发的长发妹又长出了黑头发，黑油油的新头发和以前一样垂到地上。回到家的长发妹又可以和妈妈幸福地生活在一起了。

疑问句

此为疑问句，设下悬念，为何长发妹又出现在了家中，为何满头白发变成了黑发，引起读者的好奇心。

精简点评

长发妹偶然间发现了泉水，但是被山神威胁不许告诉任何人。长发妹为了让缺水的村民们都能喝上甘甜的泉水，最终决定将这个秘密公之于众。本该被山神处死的长发妹却被大榕树所救，最后村子里的人都喝上了水，长发妹也平安归来。通过这个故事我们可以看出长发妹是一个勇敢善良的小姑娘，她不顾自己的生命安危，也要让村子里的人们喝上水，这种舍己为人的牺牲精神值得我们每一个人学习。

佳词美句

忧心忡忡　凶神恶煞　兴高采烈　气急败坏　鸟语花香　义无反顾

白发水是一道美丽的瀑布，它从陡高山的半山腰上倾泻而下。透过阳光，从远处看就像一头白发从山上垂下，因此当地的人把这瀑布叫作白发水。

这天，长发妹看见一个白胡子老爷爷从很远的小河里挑回一担水，颤巍巍地走在路上，一不留心，跌倒在地上，水全洒了，老爷爷的腿也被摔得鲜血直流。

看着泉水哗哗地流下来，大地恢复了生机，处处鸟语花香，庄稼也变得绿油油的，长发妹开心地笑了。

阅读思考

1. 白发水由何而来？
2. 长发妹为什么不能告诉村民们泉水的存在？
3. 长发妹最后又为什么告诉了村民泉水的所在之处？

济公抢亲

古时候，在四川峨眉山上，有一座山峰能够自由地飞来飞去，它飞到哪里，哪里的田园就会被毁坏。

济公是一个住在杭州灵隐寺的疯和尚，为了防止这座会飞的山峰毁坏农田，他长期观察山峰的活动规律，最后掌握了“飞山”行动的踪迹。

这天，他算出“飞山”会在中午以前飞到灵隐寺前的村庄。为了让百姓免受飞山压顶之灾，他每家每户地去劝说村民们搬家。

在灵隐寺，济公本来就以疯癫出名，没有人愿意相信他说的话。现在看到他的这个举动，大家认为他确实是个疯子。无论他怎么说，也没有一户人家愿意离开。

> 名师解读
> 济公活成了别人眼中那个所谓“疯和尚”，所以当他知道灾难来临的时候，他所说的话在别人那里都成了疯言疯语，然而他们并不知道济公所说的话句句属实。

转眼就要到中午，济公心急如焚，却毫无办法。恰巧，今天村里有户人家给儿子娶亲，村里所有人都来看热闹。顺着礼乐的声音，济公来到娶亲的那户人家门前，看到挤得水泄不通的村民。济公心生妙计，决定抢走新娘子，将众人引开。

> 名师解读
> 为了引开村民，济公想出了抢新娘子的妙计，这个计策真的能成功吗？由此设下悬念，引发读者的阅读兴趣。

只见济公一个箭步冲到院中，背起新娘子就往外跑。看到这一幕，村民们气坏了，一窝蜂地向济公跑的方向追去。

全村只剩下一户财主站在门口看热闹，他边看边讥讽地说：“哈哈，‘活菩萨’抢新娘，前所未闻！”

背着新娘子的济公在前面跑，全村男女老少在后面拼命追。济公抬头看了看太阳，觉得灾祸已经过去，便把新娘子放在地上，坐在那里一边摇着扇子一边歇息。

追上济公的村民正准备抡起棍棒打他，天空突然传来一声巨响，狂风大作，村民们被风吹得站不住脚。不一会儿，大风停了，太阳也出来了，村民们发现他们的村庄不见了，一座山峰压在他们的村庄上。从地上爬起来的村民这时才明白济公抢新娘子是假，救大伙儿的性命才是真！

整个村庄都被压在了山下，全村人都得救了，只有刚才说风凉话的财主一家被压死在飞山下。只要有人活着，房子可以再盖，地可以再种，家园也可以重建。

为了防止“飞山”随意活动，当地的百姓在山崖上凿出了五百尊罗汉。从这以后，这座山峰就再也不飞了。因为它是从别的地方飞来的，所以百姓们都叫它“飞来峰”。

场景描写

通过此处场景描写，可知济公的计策生效了，最终大家都逃离了村庄，躲过了灾难，而济公也在这一场行动中证明了自己所言非虚。

精简点评

济公掌握了“飞山”的活动规律，因此在“飞山”将要到来之际，他告诉村民们事情的严重性，劝其逃离。但是因为济公平常疯癫，因而没有人愿意相信济公所说的话。最后无奈的济公只好通过抢亲这种极端的方式使村民们逃离灾难。所以，我们在看待事情的时候，不能只靠着自己的主观去判断真伪，而应该站在理性的角度去分析。

佳词美句

心急如焚　水泄不通　心生妙计　狂风大作

济公是一个住在杭州灵隐寺的疯和尚，为了防止这座会飞的山峰毁坏农田，他长期观察山峰的活动规律，最后掌握了“飞山”行动的踪迹。

阅读思考

1. 故事中大家为什么不相信济公说的话？
2. 济公为了让村民们躲过灾难，想出了什么办法？
3. “飞来峰”由何而来？

神 笔 廉 广

名师解读

老人为了表达谢意，将一支神笔作为礼物赠予廉广，而这只神笔可以帮助廉广实现哪些愿望呢？

排比

此处通过一系列排比句展现了这支笔的神奇之处，也证明了老人所言非虚。

叙述

李县令想通过请廉广喝酒的方式来打探神笔的事，可见其用心险恶。

相传唐朝时有个叫廉广的人。有一次，他在泰山上采药，遇到暴雨，就找了棵大树躲雨。半夜里，雨停了，廉广就趁着月色下山。走到半山腰时，廉广遇见了一个白发苍苍的老人。看到老人肩背柴火，步履艰难地向山下走去，热心的廉广上前帮老人背柴，老人也没客气，就让他帮忙了。走了一会儿，两个人路过一片树林，就坐下来歇歇脚。老人说："我会画画，可以教给你。你愿意学吗？"廉广听了，表示愿意跟老人学画。老人说："我送给你一支笔，你保存好。这是支神笔，非常灵验。它能画出你心中所想。"老人说完，从怀里取出一支五彩缤纷的画笔送给廉广。廉广接过神笔，向老人叩头道谢，等抬起头来，老人却不见了。拿到神笔的廉广试了几次，果然像老人说的那样：画条鱼，入水就能游；画只鸟，展翅就飞入山林；画朵花，马上就散发出迷人的花香；画个粮仓，里面就有取之不竭的米。廉广知道，这事儿要是让别人知道，定会惹出灾祸。因此他对神笔的事情守口如瓶，从不把神笔拿出来给别人看，也不轻易作画。

这天，他到中都县去办事。不知道为什么，中都县姓李的县令竟知道廉广有支神笔。李县令平素也很喜爱字画，就把廉广找来，说是请他喝酒，其实是想从廉广的嘴里知道神笔的事情是不是真的。廉广守口如瓶。李县令不断逼问。最后，廉广万般无奈，只能拿出神笔在白墙上画了一幅画，画的是一百多个穿着盔甲、拿着武器的鬼兵出征，这些鬼兵画得十分逼真。

这件事让中都县的赵县尉知道了，他把廉广找去，要求廉广在他家也画一幅画。没有办法，廉广只好又在赵县尉的家里找了面白墙壁，在墙上同样画了一百多个鬼兵，也是穿着盔甲，拿着武器，好像要去打仗的样子。

这天晚上，两处墙壁上画着的鬼兵都活了，他们互相厮杀起来，打得昏天黑地，把李县令和赵县尉厅堂里的家具摆设都砸坏了。李县令和赵县尉全被吓傻了，天一亮，他们就把墙壁拆了，这才平安无事。廉广知道后，害怕官府来抓他，连夜逃到了下邳县。

下邳县的县令也听说廉广有支神奇的笔，于是就找到他，非要他画一幅画不可。

廉广想拒绝，便只好说："我偶然遇到了一位仙人，他不光传授给我画法，还送给我神笔。我从来不敢轻易作画，怕惹出灾祸来。还希望大人不要让我画这幅画了。"

但下邳县县令坚持要廉广作画，还对廉广说："你画了鬼兵，当然要打仗，那就画一个动物吧，动物不会打仗。"县令坚持要廉广画龙，廉广不得不拿出笔来画龙。廉广刚画完龙，四周就涌起了云雾，瞬间狂风大作，画里的龙就乘着云雾飞上了天空。龙飞上天以后，滂沱大雨倾盆而下，下了几天也没有要停的样子。县令被吓坏了，害怕雨水泛滥成灾，又怀疑廉广会妖术，便把廉广抓进了牢狱，严刑拷问。廉广不断辩解，说自己不会妖术。由于雨下个不停，县令便不肯饶他。

廉广心里不由得怨恨起来，在牢狱里放声大哭，祈求仙人来救他。这天夜里，廉广梦见送他神笔的仙人对他说："你画一只大鸟，乘上大鸟就可以飞出牢狱，灾祸便免去了！"天刚亮，廉广用神笔偷偷地在墙上画了一只大鸟，冲着大鸟一喊，大鸟便鼓动起翅膀来，廉广连忙跨上鸟背。大鸟便驮着廉广，从牢狱的天窗飞了出去。大鸟驮着廉广一直飞到泰山，才停下来。而那个白发苍苍的

阅读笔记

语言描写

此时万般无奈的廉广把关于神笔的事情告诉了下邳县的县令，可见其老实、诚实的性格特点。

动作描写

身处牢狱的廉广经仙人指点用神笔画了一只大鸟，帮助自己逃离困境。

仙人早已在山上等候了。

仙人对廉广说："你泄露了神笔的秘密，必然会带来灾祸。我送给你神笔，是想让你幸福，现在反而让你受难，还是把神笔还给我吧。"廉广听了从怀里取出神笔，恭恭敬敬地还给了仙人。等他抬头再看时，仙人已经不见了。

从此，廉广再也不画画了。而他在下邳县画龙的那个地方，只剩下了一截烂泥墙。

精简点评

廉广得到一支神笔，虽然他对此事守口如瓶，但神笔的秘密被透露了出去，引得许多人想拥有这支神笔。最终，廉广因为使用不当，遭到了反噬，被关进了大牢。好在之前赠他笔的那个仙人点拨了廉广，他才得救。这就像一个人的才华，如果使用得当，那他的才华就能发挥好的作用；如果使用不当，将自己的才华用在不正确的地方，那必然会遭到反噬，并危害到自身。

佳词美句

守口如瓶　万般无奈　昏天黑地　恭恭敬敬　步履艰难

走到半山腰时，廉广遇见了一个白发苍苍的老人。看到老人肩背柴火，步履艰难地向山下走去，热心的廉广上前帮老人背柴，老人也没客气，就让他帮忙了。

阅读思考

1. 廉广得到了一支什么样的笔？
2. 廉广因为这支笔都遭遇了什么？
3. 通过这个故事你能从中吸取哪些教训？

莫邪投炉

春秋时期，吴国有一对擅长铸剑的夫妇，男的叫干将，女的叫莫邪。干将在越国学习铸剑时，拜越国有名的铸剑师欧冶子为师，因此他在吴国也很有名气。

叙述 通过对人物的相关介绍，让我们知道了故事的主人公及故事发生的背景，为故事的发展做铺垫。

当时的吴王阖闾是个尚武的人，他十分喜爱宝剑。有一年，越国派使者献给他三把宝剑，这三把剑分别叫“除奸”“斩邪”“鱼藏”，吴王把这三把宝剑当成宝贝收藏了起来。

虽然吴王已经拥有了越国出产的宝剑，但是仍然不满足，他希望能够拥有吴国铸剑师铸造的宝剑。他知道干将、莫邪夫妇是铸剑高手，便召他们进宫，对他们说：“听说你们的铸剑技艺高超，我想要你们铸造两把比越国宝剑还要好的剑。”

心理、语言描写 通过吴王的行为及语言描写可以看出他是一个贪婪无度的人，对宝剑的要求极高。

“遵命，陛下。”干将、莫邪回答说。

之后，为了铸造宝剑，干将、莫邪先建造了一个铸剑场，并从山上采来精铁，开始铸剑，还请吴王征调了三百个童男童女专门为铸剑的炉子装炭鼓风。

干将连续铸了好几把剑，送给吴王。但是吴王都不满意，说这几把剑都不如越国送来的那三把宝剑。干将解释说：“大王，铸炼宝剑，需要质地好的精铁、合适的火候和高超的冶炼技术，这三个条件缺一不可。我们现有的精铁不如越国，就算技术再高超也无能为力。”

语言描写 此处通过干将的解释，得知他们之所以铸造不出上好的宝剑是因为没有找到质地上乘的精铁，可见想要铸造一把宝剑多么不容易。

吴王说：“吴国怎么可能会没有上好的精铁？给你三个月，采集上等精铁，必须炼出比越国还要好的宝剑来。不然，我就杀了你。”

回到铸剑场，干将将吴王的旨意告诉莫邪。于是夫妇俩历经艰难险阻，终于采到了一块上好的精铁，继续铸剑。

但是，精铁在煅烧炉中烧了整整两个月，一点也没有熔化。夫妇俩心急如焚。

莫邪说：“这应该是一块神铁，必须有人献身火炉，神铁才会熔化。没有人献身，宝剑是铸不成的。”

干将听了，说：“我师父最后一次铸剑时，神铁不化，师父和师母一起跳入火炉中，才炼成了宝剑。”

“他们为什么要舍命炼剑呢？”莫邪问。

“铸不出好剑，越王一样要处死他们。”干将回答道。

莫邪沉思片刻，说：“师父和师母为了铸宝剑而献身，现在为了能铸出宝剑，也只有我能跳入火炉了。”说完，莫邪纵身跳进了炉火中。干将含着热泪，让三百个童男童女加紧鼓风，燃起熊熊烈火。没一会儿，那精铁渐渐熔化，流入槽中，成了剑坯。

动作、语言描写

由此可知莫邪为了铸就完美的宝剑，奉献了自己宝贵的生命。

干将将剑坯反复煅烧、锤打，最后铸成了一对举世无双的宝剑，这对宝剑一雄一雌，雄剑名为“干将”，雌剑名为“莫邪”。干将藏起雄剑，只把雌剑献给了吴王。最后随着吴国灭亡，这两把宝剑也失传了。

精简点评

吴王为得到上好的宝剑，命令干将、莫邪造剑。几番下来，他们始终没能造出让吴王满意的宝剑。后来干将发现，之所以造不出宝剑，是因为没有上好的精铁。于是吴王命令他们去寻找精铁，他们好不容易找到了精铁。但在铸剑的过程中，精铁迟迟不熔化，最后莫邪想起师父、师母为了铸造宝剑献身之事，便纵身跳入了火炉之中，才熔化了精铁，造就了一对上好的宝剑。由此可见，干将、莫邪两人在铸剑事业上是极为用心的，并且能为自己喜欢的事业献身，足以见其伟大。

佳词美句

技艺高超　无能为力　熊熊烈火

有一年，越国派使者献给他三把宝剑，这三把剑分别叫“除奸”“斩邪”“鱼藏”，吴王把这三把宝剑当成宝贝收藏了起来。

干将解释说：“大王，铸炼宝剑，需要质地好的精铁、合适的火候和高超的冶炼技术，这三个条件缺一不可。我们现有的精铁不如越国，就算技术再高超也无能为力。”

干将将剑坯反复煅烧、锤打，最后铸成了一对举世无双的宝剑，这对宝剑一雄一雌，雄剑名为“干将”，雌剑名为“莫邪”。

阅读思考

1. 越国使者送到吴国三把宝剑，它们分别叫什么？
2. 为什么干将和莫邪迟迟铸造不出上好的宝剑？
3. 莫邪为什么要投炉？

贾似道测字

名师解读

贾似道仗着自己的姐姐是宋理宗的妃子，就玩弄权力，一时间权倾朝野，由此可见此人并非善类，正是因为这种人的存在，才弄得国家民不聊生。

台州人贾似道是南宋晚期的权臣。他仗着自己的姐姐是宋理宗的妃子，就玩弄权术，一步一步爬到了权力中心。宋度宗时期，他权势更盛，被封为太师。杭州西湖葛岭私宅是他平常讨论军国重事、朝廷大政的地方。当地的老百姓都不敢到那个地方去，谁要是误入葛岭，就会被杀掉。因此，葛岭成了“禁地”。

这天，贾似道退朝回到了葛岭私宅，恰巧有一个僧人心事重重地在他的住处周围踱来踱去。贾似道手下的官员见僧人闯入禁地，立即下令将僧人抓起来。僧人毫不畏惧，只是低头沉思。贾似道问他：“你是什么人，竟然敢到我这儿来?”

僧人慢慢地回答说：“我是诗僧。”

名师解读

贾似道因为权势过大，所以他的气焰也越来越嚣张，只要有人不合他的心意就会被处死。如此滥用职权，简直令人发指。

这时，正巧西湖里有个渔翁在打鱼，贾似道看到这个场景，便要诗僧以西湖渔翁打鱼为题，作一首诗，如果作不出来，或是作得不好，便严惩不贷。诗僧问贾似道：“以何字为韵?”贾似道想了想说：“天字。”贾似道话刚说完，诗僧便随口念道：

篮里无鱼欠酒钱，
酒家门外系渔船。
几回欲脱蓑衣当，
又恐明朝是雨天。

贾似道听了，觉得诗僧很有才，出口成诗，又很有韵味，便遵守承诺放了他。

随着权势越来越大，贾似道的政治野心也越来越大。这天他心血来潮，让一个先生给他测字。他想知道在短时间内，能不能实现当皇帝的心愿。先生叫他先写一个字，贾似道便用竹杖在地上写了个“竒”字（现简化为“奇”）。先生看了看，随口说道：

“大人的理想不容易实现啊！‘竒’字，说它上面是个‘立’字吧，又不可；说它是个‘可’字吧，又立不成。所以万事随缘不要强求，否则，前途未卜。”

> **语言描写** 此处从侧面反映出贾似道的野心越来越大，他已经不满足于现在的地位，而是想当皇上，可见其狼子野心。

贾似道听了沉默不语，客客气气地将先生送走。但是先生走后，贾似道坐立不安，他觉得这个先生真厉害，居然知道他的想法。这个事情如果传出去，怕是要坏事！想到这儿，贾似道便派杀手去刺杀这个先生。

杀手在葛岭脚下追到了先生，杀手发现原来这个先生，就是上次在贾似道私宅咏诗的“诗僧”，便杀死了他。

精简点评

贾似道仗着自己的姐姐受到皇上的宠爱而玩弄权力，一时权倾朝野。然而贾似道竟然想谋篡皇权。贾似道还是一个蛮横残暴的人，不把百姓的性命当回事儿，谁敢阻拦他或者不合他的心意，他都会下令将其处死，这种作恶多端的人总有一天会受到惩罚。

佳词美句

心事重重　严惩不贷　前途未卜　坐立不安

杭州西湖葛岭私宅是他平常讨论军国重事、朝廷大政的地方。当地的老百姓都不敢到那个地方去，谁要是误入葛岭，就会被杀掉。因此，葛岭成了“禁地”。

阅读思考

1. 故事中的贾似道是一个怎样的人？
2. 贾似道为什么会有这么大的权力？
3. 贾似道都有哪些令人发指的行为？

阿诗玛和阿黑哥

阿诗玛的故事是彝族的民间传说。

彝族传统节日火把节这天，在彝族村落阿着底，阿黑哥向村里最美丽、最会唱歌的阿诗玛表达了自己深深的情意。阿诗玛与阿黑哥青梅竹马，她也喜欢勤劳善良的阿黑哥，也用歌声婉转地表达了自己的心意。阿爹阿娘听了非常高兴，当晚就为他们定下了亲事。

比喻

此处运用比喻的修辞手法，将阿诗玛的歌声比作百灵鸟，更加形象生动地表现出阿诗玛歌声的美妙。

说起阿诗玛，阿着底的人们没有一个不称赞她。阿诗玛美丽聪明，歌声像百灵鸟一样动听。她编唱的歌曲能让路人停下脚步。

阿黑哥是孤儿，迷路的他被阿诗玛的阿爹从树林中救出来，阿爹阿娘十分喜欢乖巧坚强的阿黑，对他像对待亲生儿子一样。阿黑和阿诗玛一起长大，彼此倾心。现在，阿黑也成了大小伙儿，他勤劳能干，无人能比得过他，很多姑娘都喜欢他，但阿黑只喜欢阿诗玛。

对比

阿支少爷与阿黑哥的性格特征形成强烈的对比，以此突显出阿黑哥的正面形象。

不料，大财主家的阿支少爷听说阿诗玛之后，哭着闹着要娶阿诗玛。这个阿支，脾气暴躁，周围的人都怕他。阿支的财主阿爹知道儿子想娶阿诗玛，立即派人送去聘礼，希望阿诗玛尽快过门。

已经和阿黑哥定过亲的阿诗玛断然拒绝了这门亲事，还羞辱了那个傲慢的媒人。媒人害怕回去被财主骂，便向财主说阿诗玛辱骂阿支少爷、看不起财主。财主听后很生气。一旁的阿支给财主阿爹出了个坏主意。

这天，阿支趁阿黑外出牧羊，派人把阿诗玛强抢回了家，想要霸占她。虽然阿诗玛很害怕，但她坚信阿黑会来救她。她不哭也不闹，让阿支放松了警惕，把她独自关在一个小黑屋中。

知道阿诗玛被绑走的阿黑骑着快马直奔财主家，向阿支要人，阿支耍赖说：“你要是对歌能对得过我，我就给你开门，否则休想进我家门。”对歌难不住阿黑。很快阿支就败下阵来。

阿支只能放阿黑进了大门，但他不甘心阿诗玛被领走，为难阿黑说：“你若是敢在我的一间小屋子里睡一宿，明早你就可以把阿诗玛带走！”

阿支在屋子里放了三只老虎。但是阿黑早有准备，进门后，他便仔细听周围的动静，确定了老虎的位置后，阿黑将三支箭猛力射了出去，很快就杀死了三只老虎。阿支看到阿黑不仅不怕，还能一下射中三只老虎，只好答应第二天一早让阿黑带走阿诗玛。

当阿黑拉着阿诗玛刚要走出大门时，阿支反悔了，他命人反锁了大门。阿黑拿出三支箭，第一支把大门射开，第二支射在大堂的柱子上，第三支射在供桌上，家丁们没人能把箭拔出来。这时阿支心生一计，他得意地对阿诗玛说：“阿诗玛呀，不是我不放你们走，这样吧，只要你能把这支箭拔下来，我就让你跟阿黑走。”阿诗玛轻蔑地看了他一眼，走到箭旁，像摘花一样轻轻地拔下箭来，然后拉着阿黑一同离开了。

阿诗玛走后，阿支依旧不甘心，他去找凶狠的崖神，对崖神说：“阿黑和阿诗玛要经过这里，请你把小溪变成大河道，让水冲散他们！”凶恶的崖神一想到能吃人便同意了，它静静地等着阿黑和阿诗玛。不久两人走到了小溪旁，当阿诗玛的脚刚刚踏进小溪的时候，崖神突然张开大口，小溪变成大洪水，一下把阿诗玛冲得没了踪影。

“阿诗玛，阿诗玛……”阿黑沿着大河一路不停地呼

叙述

此处可以看出阿支脾气暴躁以及蛮横无理的性格特点，更加突出了阿诗玛聪慧、坚强的一面。

动作描写

此处通过动作描写可以看出阿黑勇敢聪明，这与阿支的蛮横无理形成强烈的对比。

叙述

通过叙述可以看出崖神与阿支两人沆瀣一气，狼狈为奸。

阅读笔记

喊着，伤心地找寻了很久，直到听见对面的山上传来自己的声音：“阿诗玛，阿诗玛……”

听到对面有人在重复自己的话，阿黑又喊了几声，依旧是这样。原来是山上的应山歌仙女救出了被冲走的阿诗玛。这时的阿诗玛已经化成了一座石峰，变成了回声神，人们对着她喊什么，她就会不断地重复着什么。

失去了阿诗玛的阿黑伤心欲绝。此后，他每天都会向着阿诗玛化作的山峰呼喊。多年后，远近的彝族百姓听说了这件事，都会到石峰下跳舞唱歌，表达对阿诗玛的怀念之情。每到节日，年轻的小伙子还会来到石峰下为心爱的姑娘弹琴唱歌，诉说爱慕之情。而那山峰上不断盘旋的回声，像是在祝福相爱的人们白头到老。

精简点评

这个故事在歌颂阿诗玛与阿黑哥之间真挚感情的同时，也告诉我们人生来平等，我们应该公平地去追求自己想拥有的东西，而不是通过一些阴谋诡计来达成自己的愿望。

佳词美句

青梅竹马　伤心欲绝　爱慕之情　勤劳善良　轻蔑

每到节日，年轻的小伙子还会来到石峰下为心爱的姑娘弹琴唱歌，诉说爱慕之情。而那山峰上不断盘旋的回声，像是在祝福相爱的人们白头到老。

阅读思考

1. 阅读本文后总结一下阿黑哥的性格特点。
2. 阿支父子都是怎么为难阿黑的？

牡丹被贬洛阳

古都洛阳盛产牡丹，因此洛阳又被称为“花都”。被称为“花中之王”的牡丹为什么唯独钟爱洛阳，这里有一个传说。

> **解释说明** 这里解释洛阳被称为“花都”的缘由，从而引出关于洛阳牡丹的故事，引发读者的好奇心。

武则天成为皇帝之后，觉得自己的权力可以和天上的日月比肩。一年冬天，武则天在上苑和群臣一起饮酒赏雪。花园里白雪皑皑，只有几处红梅花开得正艳。

这时，有个想讨武则天欢心的臣子对她说：“皇上，红梅花虽然好看，但一花独放，很是寂寞，不如皇上下一道圣旨，让百花都在冬天开放，这样才能显示您的威严。”

> **名师解读** 这里表现出臣子为了讨武则天欢心，提出让百花在冬季开放这样违反常规的建议。而这一提议是否会被采纳呢？文章在此设下悬念，为故事的发展埋下了伏笔。

而另一个臣子摇摇头说：“寒冬腊月，正是红梅花盛开的季节。要想观赏百花盛开，等到明年春天也不迟啊！”

喝到兴头上的武则天，听了大臣的话，哈哈一笑，挥手说道：“春天开花不稀奇，我是皇帝，我命令百花何时开放，它们就得何时开放！”

随后武则天大笔一挥，写下几句诗：“明朝游上苑，火急报春知。花须连夜发，莫待晓风吹。”意思就是命令百花明日必须齐放，不能拖延。写完圣旨后，武则天命令宫女拿去烧了，将旨意传达给花神。

花神接到圣旨，不由得发愁。百花在寒冬开放会违反季节规律，但是真命天子武则天的威严，连神仙也要惧怕三分。为此她召集起各位花仙子，商讨对策。

胆小的桃花仙子提议：“天子威严可是触犯不得的，我们还是遵旨，提前开花吧！”

名师解读

武则天因为看到花圃中唯有牡丹没有开放，便立即显现出君王的蛮横，她下令烧掉所有的牡丹花枝。武则天依然不解恨，又下令将牡丹连根铲除，让牡丹断种。由此可见，一个人一旦有了至高无上的权力，就很容易得意忘形，被权力蒙蔽双眼，进而做出一些伤天害理的事情。

其他花仙子也连声附和。只有牡丹仙子断然说道：“天子又如何？花开各有时，违背天时，违反自然规律，会为天下苍生带来灾祸！”

“可武皇帝心狠手辣，若不遵旨，恐怕就要大祸临头了！”其他花仙子说道。

牡丹仙子正气凛然地说：“坚守自己的气节，她也不能把我们怎么样！”

第二天一大早，武则天刚从酒醉中醒来，宫女上前禀报：“皇上！上苑的百花全开了！”想起了昨天的圣旨，武则天赶忙来到上苑看，百花竟然真的遵从圣旨，在这寒冬腊月里开放。随行百官全部跪下，齐声高喊万岁。正当武则天扬扬得意时，她发现牡丹花圃依旧是一片枯枝，顿时暴怒，说：“牡丹居然敢抗旨，来人，将牡丹花枝全烧了！”花圃里的牡丹在熊熊大火中瞬间变成了灰烬。不解恨的武则天，又命令人将牡丹连根铲除，扔到洛阳的邙山上，让牡丹花从此断种绝代！

当年，武则天路过洛阳邙山一带，知道那一带荒凉偏僻，牡丹到了那儿必然会受苦受罪，但是只有这样才能解她的心头之恨！

排比

通过叙述可以看出牡丹并没有因为被贬至洛阳一蹶不振，而是凭着一股傲气，在荒凉处生根发芽，可见牡丹的顽强。

但是谁又知道，承受了烈火焚身之苦的牡丹，到了洛阳后，靠着傲气，居然在荒凉偏僻的土地里扎下根，等到了第二年春天整个山头都绿了。邙山的人们为纪念牡丹的顽强不屈，精心栽培养殖牡丹，牡丹从此在洛阳扎下了根，年复一年，牡丹花越开越繁盛，生生不息。其中的焦骨牡丹因为经过熊熊烈火的焚烧，花色红艳如火，也被称为“洛阳红”。自此，牡丹的坚贞不屈和铮铮铁骨，成为中华民族的精神象征，牡丹成为了百花之王，洛阳也因牡丹而名满天下。

精简点评

牡丹虽然被贬至洛阳，但它还是凭着自己的一身傲骨，在荒芜地带生根发芽，拼出一片红色的天地。这个故事告诉我们，应该不畏强权，不要向恶势力低头。如果你有能力有才华，总会有发光发热的那一天。所以，勇敢地做自己，如果自己强大了，什么艰难险阻都难不倒你。

佳词美句

白雪皑皑　寒冬腊月　正气凛然　心狠手辣　大祸临头　铮铮铁骨

武则天成为皇帝之后，觉得自己的权力可以和天上的日月比肩。一年冬天，武则天在上苑和群臣一起饮酒赏雪。花园里白雪皑皑，只有几处红梅花开得正艳。

邙山的人们为纪念牡丹的顽强不屈，精心栽培养殖牡丹，牡丹从此在洛阳扎下了根，年复一年，牡丹花越开越繁盛，生生不息。

自此，牡丹的坚贞不屈和铮铮铁骨，成为中华民族的精神象征，牡丹成为了百花之王，洛阳也因牡丹而名满天下。

阅读思考

1. 故事中一些臣子为了讨武则天欢心，提出了什么想法？
2. 酒醒后的武则天看到牡丹没有盛放，她做了什么？
3. 我们从牡丹的身上学到了哪些优秀的品质？

梁山伯和祝英台

叙述

文章开头对祝英台的家庭背景简要介绍，以此为下文做铺垫。

阅读笔记

相传，浙江上虞有个祝员外，他已有八个儿子。祝员外年近四十时，喜得一女，取名祝英台。祝英台美丽聪慧。祝员外非常疼爱自己的小女儿，把她看作掌上明珠，对她呵护备至。

祝英台自幼跟随兄长读书学习，她精通琴棋书画。长到十五六岁时，她想到外地的学堂里去读书。可是，那时候女孩子根本不能外出读书。为此，祝英台决定假扮成男孩子的模样去外地求学。于是，祝英台把自己打扮成公子的模样，丫鬟则装扮成书童。

这天，祝员外正在厅堂里喝茶，只见一个书童跟着一位公子走了进来，公子向他行礼，他慌忙起身答礼让座，还问公子尊姓大名。祝英台一看骗过了父亲，高兴极了。然后她换下男儿装，笑眯眯地看着父亲。吃惊的父亲责怪女儿调皮，不懂规矩。祝英台告诉祝员外自己想去外地读书。祝员外由于担心女儿的安危，便一口回绝。祝英台软磨硬泡，祝员外架不住她撒娇耍赖，只好同意了。临走前，父亲要求祝英台必须女扮男装，而且不能泄露自己女孩的身份。

三天后，祝英台便带着“书童”直奔杭州有名的万松书院。途中休息时，她们遇见一个眉清目秀的书生，两人经过简单的寒暄和介绍后，祝英台方才知道这位书生叫梁山伯，是会稽人，也是去万松书院求学的。祝英台和梁山伯聊了很久，十分投缘，之后两人便在亭子里结拜成兄弟。

两人一同来到书院，拜见了老师。老师见他们长相英俊、举止儒雅，很喜欢他们。安排他俩在同一张课桌上学习，在同一间寝室就寝。梁山伯对祝英台关心爱护，就像对自己的亲弟弟一样。

祝英台为了不让梁山伯知道她是女孩子，每晚睡觉前就把两个书箱放在两人中间，又在书箱上放上满满一碗水。她对梁山伯解释说，自己睡眠不好，容易被惊醒，希望他入睡时不要翻身乱动。如果碗里的水一滴都不洒出来，她就能睡个好觉。梁山伯听罢，十分体谅祝英台，为了让她每天能睡得好，梁山伯总是规规矩矩地躺着，因此一直没有发现祝英台是个女孩子。

叙述

祝英台为了不让梁山伯发现自己的女子身份，想出了一个办法，梁山伯谨守规矩，可见他是一个忠厚老实的人。

然而，细心的师娘早就看出祝英台是女孩子了。师娘把祝英台叫来，说自己已经知道她女扮男装的事情，也正是因为如此，师娘对祝英台更加细心关照。祝英台有什么难处和心事，也都会对师娘讲。

转眼三年过去了，梁山伯和祝英台的友谊也日益深厚。这天早上，祝英台接到家信，说祝员外病了，要她赶紧回去。祝英台向老师请了假，又找到师娘，婉转地请师娘为她和梁山伯做媒。因为在与梁山伯相处的三年中，她发现梁山伯为人忠厚老实、体贴入微，读书刻苦用功，她希望能把自己托付给梁山伯。临行前，她把自己亲手做的香囊交给师娘，让师娘转交给梁山伯，好让梁山伯早日到她家去提亲。

行为描写

祝英台在与梁山伯的相处中，已经喜欢上了梁山伯，她愿意与梁山伯结成夫妇，表现出她是一个勇于追求幸福的人。

看到祝英台将要离开，梁山伯心里很是不舍，嘴上不说却送她走了很远。一路上，祝英台多次委婉地表达自己的心意，但梁山伯的榆木脑袋就是不开窍。祝英台只好说：“梁兄，我们就此分开吧。我有个小妹，家中排行老九，和我长得一模一样，而且人品、学问也和我不相上

场面描写

祝英台消失在自己的视野之外以后梁山伯才离开，可以看出梁山伯对祝英台感情之深，对她的离开充满不舍。

下。如果梁兄愿意，速来我家提亲。我也已托师娘做媒，你回书院后，师娘会告诉你详情。”梁山伯很欣赏祝英台，当听说九妹和他长得一样，品行才情也一样，便高兴地答应下来。分别时，两人依依不舍，挥泪告别。看着祝英台越走越远，直到消失不见，梁山伯才转身离开。

祝英台回到家中，发现祝员外的病已经痊愈。祝员外让祝英台换回女子装扮，也不再让她出门读书。恰巧有一家姓马的大财主来祝家求亲。祝员外知道马家家底殷实，便同意了这门亲事。祝英台知道后，坚决反对。她告诉父亲自己已请师娘做媒，想将终身托付给梁山伯。祝员外知道后坚决反对：“从来儿女的婚姻大事都是由父母做主的。其他事我都可以答应你，但婚姻大事不能由着你。梁山伯家境贫寒，你嫁给他会吃苦的。而马家家境殷实，你嫁给马文才，可享荣华富贵。”祝英台又哭又闹，祝员外却丝毫不为所动。不久，祝员外收下了马家的聘礼，准备让他们在两个月后成亲。

语言描写

梁山伯在师母的解释下才知道祝英台的真实身份，侧面反映了梁山伯的木讷和迟钝。

回到书院后的梁山伯忙着准备考试。他一考完试，师娘就将祝英台交给她的香囊转交给他，说：“山伯啊，这是英台亲手做的香囊，她让我交给你，她想将终身托付于你。”听了师娘的话梁山伯有些不解。在师娘的一再解释下，反应迟钝的梁山伯才明白原来祝英台说的九妹就是她自己。知道实情后的梁山伯立刻向老师请了假，准备好彩礼，赶到祝家去提亲。

到了祝家，梁山伯看见女子打扮的祝英台是那么美丽。他刚一说他是来提亲的，祝英台便大哭起来，说：“梁兄啊，你来晚了，我父亲已经硬把我许配给马家了！”梁山伯听了，心灰意冷，两人抱头痛哭。祝员外听见哭声赶了过来，怒气冲冲地将梁山伯赶了出去，之后，便对祝英台严加看管。

回到家里，梁山伯悲痛欲绝。他一想到祝英台，就不吃不喝也不睡。经受了这个打击，他一病不起，没过多久就死了。临死前，他嘱咐家里的人，在他死后，要把他埋在从祝家去往马家的南山脚下。

祝英台听说梁山伯去世的消息，不说话也不流泪。她来到祝员外面前，先是跪下磕了三个响头，之后说："我可以嫁给马文才，但是马家必须要答应我三件事：一是出嫁那天，我要为梁山伯披麻戴孝；二是迎亲花轿须经过南山脚下；三是我要下轿为梁兄上香烧纸。如果不答应我，马家就只能见到我的尸体。"马文才早就听说祝英台才貌双全，为了能结成这桩婚事，他勉为其难地答应了她的要求。

到了马家迎亲的日子，祝英台穿上孝服，面无表情地坐上迎亲的花轿。迎亲队伍一路吹吹打打好不热闹，经过梁山伯的坟前时，突然狂风大作，飞沙走石，大风把抬轿人吹得都走不动了，花轿只能停下来。这时丫鬟告诉祝英台，梁山伯的坟墓就在前面。祝英台走出花轿，不顾阻拦来到梁山伯的墓前祭奠。

祝英台缓缓走到坟前，跪下痛哭起来。瞬间，雷电交加，大雨倾盆，"轰隆"一声响，坟墓裂开一条大缝。一身孝服的祝英台一边呼喊着梁山伯的名字，一边跳进了坟墓里。还没等祝英台身边的丫鬟把她拽上来，随着"轰"的一声响，坟墓又合上了。被吓呆的众人立在原地，不知所措。

不一会儿，雨过天晴，一道彩虹出现在天边。这时众人看见一对美丽的蝴蝶从坟头飞出来，在阳光下翩翩起舞。大家都说梁山伯与祝英台化作了一对永不分离的彩蝶。

名师解读

得知梁山伯病死的祝英台万念俱灰，她内心的无助和痛苦只有她自己知晓。情投意合的两人，却被祝员外生生拆散，由此可见封建家长的自私和无知。

阅读笔记

精简点评

祝英台女扮男装去学堂上学，并在与同窗梁山伯的朝夕相处中爱上了他。后来，祝员外在没有和祝英台商量的情况下将她许配给了马文才。前去求亲的梁山伯得知此事后伤心欲绝，从此一病不起，最后撒手人寰，知道死讯的祝英台也决心赴死。最后两人双双化成蝴蝶，用另一种形式续写着两人之间的爱情。梁山伯与祝英台是包办婚姻的牺牲者，让我们不得不感叹封建制度的可怕。

佳词美句

琴棋书画　软磨硬泡　依依不舍　荣华富贵　悲痛欲绝　披麻戴孝

途中休息时，她们遇见一个眉清目秀的书生，两人经过简单的寒暄和介绍后，祝英台方才知道这位书生叫梁山伯，是会稽人，也是去万松书院求学的。

如果碗里的水一滴都不洒出来，她就能睡个好觉。梁山伯听罢，十分体谅祝英台，为了让她每天能睡得好，梁山伯总是规规矩矩地躺着，因此一直没有发现祝英台是个女孩子。

不一会儿，雨过天晴，一道彩虹出现在天边。这时众人看见一对美丽的蝴蝶从坟头飞出来，在阳光下翩翩起舞。大家都说梁山伯与祝英台化作了一对永不分离的彩蝶。

阅读思考

1. 祝英台为什么要女扮男装？
2. 祝英台是个什么样的人？
3. 祝英台答应嫁给马文才，但是提出了什么要求？

苏小妹三难新郎

明代冯梦龙的《醒世恒言》中记录了很多有趣的故事，“苏小妹三难新郎”就是其中之一。

相传，苏小妹是苏轼的妹妹，她是有名的才女，嫁给了才子秦少游。新婚之夜，苏小妹关紧洞房大门，让丫鬟给新郎送出三道题目，并传话说，只有全答对新郎才能进洞房。第一题是藏头诗，第二题是人名谜。这些对秦少游来说非常简单，他很轻松就答对了。

叙述

从秦少游能轻松应答苏小妹的题目可以看出秦少游也是十分有才华的。

最后，少游拆开第三个题封，这道题是个对子，上面写着七个字：

“闭门推出窗前月。”

秦少游一看对子，喜笑颜开，因为对对子是他最擅长的，看到这道题不难，他就想：我一定要对个佳句，这样小妹才能见识到我的才华。可是越想对出佳句，就越没有灵感。看着着急的秦少游，苏轼也着急起来。他知道自己的小妹古灵精怪，怕她今夜难为秦少游，专门过来看一下。果然如苏轼所料，秦少游一边在嘴里念叨“闭门——推出——窗前——月——”，一边在廊下转来转去。苏东坡一看就明白他在对对子。正当苏东坡想帮一下秦少游，却不知道怎么办的时候，只见少游站在院中一口装满水的大鱼缸前发呆。苏轼心中立刻涌出妙计，可是他不能直接告诉少游，因为小妹一直在盯着他们。想到这，他只好随手捡起一块小石子，扔进水缸里。缸里清水溅出来，夜深人静之时，石子入水的“扑通”声显得格外清晰。秦少游看到此情此景，茅塞顿开，这就是下联

动作描写

苏轼为了能让秦少游对出对子，向水缸里扔了一枚石子，可见苏轼的用心良苦，而聪敏机智的秦少游也一点就通。

呀，随即脱口而出：

“投石冲开水底天。”

只听“吱呀”一声，房门大开，丫鬟提着红灯笼走出来说：“小姐有请！”秦少游向后一拱手，转身昂首挺胸，迈着方步，进了洞房。

精简点评

苏小妹在新婚之夜出了三道题让秦少游作答，前两道题秦少游轻而易举地答对了，而最后一个对联难住了秦少游。正当他在苦思怎样给出一个完美的答案时，苏轼的提醒让他茅塞顿开，最后说出了一个完美的答案。这个故事中的三个才华横溢的人物性格鲜明，读来妙趣横生。

佳词美句

夜深人静　古灵精怪　茅塞顿开　脱口而出　昂首挺胸

新婚之夜，苏小妹关紧洞房大门，让丫鬟给新郎送出三道题目，并传话说，只有全答对新郎才能进洞房。第一题是藏头诗，第二题是人名谜。这些对秦少游来说非常简单，他很轻松就答对了。

苏东坡一看就明白他在对对子。正当苏东坡想帮一下秦少游，却不知道怎么办的时候，只见少游站在院中一口装满水的大鱼缸前发呆。

阅读思考

1. 苏小妹出了三道什么题目？
2. 苏轼是怎么帮助秦少游的？
3. 谈一谈你最喜欢这个故事中的哪个人物？

崂山道士

很久以前，有个叫王生的书生，从小就羡慕会道术的人，一心要学习道家仙法。他听说崂山上有很多仙人，便跑到崂山上寻仙访道。他来到山顶的一座道观，请求道观里的道长收他为徒，道长收他为徒后给了他一把斧子，让他每天都去砍柴。王生没说什么，很恭敬地听从了命令。就这样，王生在道观里，每天都随道众上山砍柴，一个月后，法术没学到，他的手脚却长了很厚的茧子，王生吃不了这种苦，暗地里产生了回家的念头。

叙述

由此可知，王生害怕吃苦，稍微遇到点儿挫折就容易放弃，这会成为他学成法术的障碍。

一天傍晚，王生看见师父和两个人在一起饮酒。这时太阳已经下山，屋子里没有点灯。师父用纸剪出一个圆形贴在墙壁上，瞬间，明亮的月光就照亮了整个房间。

这时一个客人说："这么美好的夜晚，好酒要和大家一起享用。"说着，他就招呼大家来喝酒。王生心想："这么多人，一壶酒根本不够呀？"可神奇的是，不管大家怎么倒，壶里始终能倒出酒来。正在王生百思不得其解时，另一个客人说："有这么美丽的月光，冷冷清清地喝酒好没有意思，不如把嫦娥叫来。"

师父听了，笑着把筷子向墙上的月亮抛去。不一会儿，一位美人便从月光中走出，最开始很小，不一会儿就与常人

一般高了。她一边跳着舞，一边唱道：“仙哪，仙哪！还会回去吗？还会把我关在广寒宫吗？”唱完后，她不断打着旋儿往上升，跳到几案上，又变成了筷子。

渐渐地，光线暗下来，一个徒弟点亮了蜡烛，只见师父一个人坐在桌旁，之前的客人已不见了踪影，而桌上的菜肴果品还在，墙壁上的月亮变成了一张像镜子一样的纸。看到这些，王生暗自称奇，暂时打消了回家的念头。

对话描写

王生因为受不了苦而萌生放弃的想法，这再一次强调了主人公怕吃苦的性格特征。

接着，王生又砍了一个月柴。他实在无法忍受这样枯燥的生活，便向师父辞行，说：“我从很远的地方来这里拜师学艺，现在过去两三个月了，我每天只是打柴，什么法术也没学到。”道士笑着说：“我看你不是吃苦之人，这样也好，明早你就下山去吧。不过下山前，我教你穿墙之术。”说着，道士就把咒语传授给了王生，并让他好生演练。王生练习了几次，就可以轻松地穿过墙壁了。

王生学会了穿墙术，有些扬扬自得。这时，道士对他说：“这个法术不能炫耀，不能有邪念，更不能用来做坏事，否则就会失灵。”

动作描写

王生不仅吃不了苦，做事没有毅力，还有轻浮、爱炫耀的性格特点。

王生回到家后，向妻子吹嘘自己遇到仙人，已经学会了穿墙之术。他妻子不相信。此时，王生早把道士的告诫抛在了脑后，他念着咒语，朝墙壁撞去，谁知这次脑袋撞在了坚硬的墙上，人没穿过去，反而被撞翻在地上。他妻子扶起他一看，额头上起了个大包。王生又惭愧又生气，却无可奈何。

精简点评

王生因为在学习道术的过程中没能持之以恒，害怕吃苦，最终决定放弃学习法术。在离开道观前，师父教给王生穿墙术。学到这一本领的王生扬扬得意，回家给自己的妻子炫耀，全然忘记了师父的嘱托，最后出尽了洋相。这个故事告诉我们做事要不怕吃苦，有恒心、有毅力，更不可浮夸炫耀。

佳词美句

传授　演练　炫耀　冷冷清清　扬扬自得　无可奈何

他来到山顶的一座道观，请求道观里的道长收他为徒，道长收他为徒后给了他一把斧子，让他每天都去砍柴。王生没说什么，很恭敬地听从了命令。就这样，王生在道观里，每天都随道众上山砍柴，一个月后，法术没学到，他的手脚却长了很厚的茧子，王生吃不了这种苦，暗地里产生了回家的念头。

此时，王生早把道士的告诫抛在了脑后，他念着咒语，朝墙壁撞去，谁知这次脑袋撞在了坚硬的墙上，人没穿过去，反而被撞翻在地上。

阅读思考

1. 王生为什么产生了放弃学道术的想法？
2. 在崂山求学的这段时间，王生的想法是如何变化的？
3. 王生为什么在向妻子展示自己的法术时没能成功？

白蛇和许仙

叙述

文章开始对白蛇与青蛇做了简要的介绍，让读者对这两条蛇精的性格有了初步的了解，以便阅读下文。

相传四川峨眉山的一个山洞里，住着两条蛇精，它们是一条修炼了一千年的白蛇和一条修炼了八百年的青蛇。她们虽是蛇精，却心地善良，从不伤害人类。

这天，白蛇和青蛇受不了洞中寂寞的修炼生活，就偷偷背着师父黎山老母，变身成两位美丽的姑娘到人间游玩。她们给自己起名，一个叫白娘子，一个叫小青。

名师解读

这位清秀的后生正是许仙，从他主动为白娘子和小青送伞的行为中，可以看出他的善良和热心。

在有着“人间天堂”美誉的杭州西湖的断桥边，她们正欣赏着美丽的荷花，转眼间乌云密布，电闪雷鸣，大雨眼看就要泼下来。没有带伞的白娘子和小青不便在众人面前使用法术，只能干着急。这时，一位外貌清秀的后生走上来说：“两位姑娘用我的伞吧。”两人十分感谢，相约明天到后生家中还伞。

第二天，白娘子和小青按后生留下的地址找到了钱塘门，她们了解到这位后生叫许仙，他父母双亡，寄住在姐姐家，现在在一家药店当伙计。白娘子见许仙忠厚老实，心地善良，便钟情于他。在小青的努力撮合下，二人成了亲。

许仙成家后就从姐姐家搬了出来。他和白娘子在西湖边开了一家药店。由于许仙踏实肯干，再加上白娘子神通广大，能找来各种草药，他们药店的生意越来越红火。

语言描写

通过此处语言描写进一步推动故事情节的发展。

这天，许仙正在药店里忙，进来一个化缘的和尚。那和尚看见许仙，就说：“阿弥陀佛，贫僧是镇江金山寺的住持法海。我看施主面带妖气，家里必定有妖怪！”

许仙听了，大吃一惊，反驳说：“我家只有妻子和一个丫鬟，哪儿来的妖怪？”“这样的话，”法海道，“你的妻子可能就是妖怪。你什么也不要对她说，等端午节时让她喝下一杯雄黄酒，一切就水落石出了。若日后有事，可到金山寺找我。”

端午节那天，白娘子在许仙的一再要求下喝了雄黄酒，只喝了一口就感觉头昏眼花，白娘子连忙叫小青扶她回房休息。过了好长时间，许仙不见白娘子出来，就进房查看，进屋后，只见一条浑身冒着白气的巨大白蛇卧在床上。许仙当场被吓得面无人色，随即昏死过去。

白娘子被许仙的喊声惊醒。她施行法术，让自己变回了人形。看见昏死的许仙，白娘子惊慌失措，手忙脚乱地和小青一起把许仙抬上床，说：“妹妹，我只有上灵山盗来灵芝草，才能救醒官人。”小青赶忙阻拦说：“姐姐，你现在已有身孕，灵山戒备森严，你这一去恐怕凶多吉少啊！”“管不了那么多了，我必须去！”说完，白娘子就飞上天，直奔灵山。

对话描写

通过小青与白娘子的对话可以看出白娘子对许仙的感情十分深厚，她不顾自己的安危也要救许仙。

灵山鹿兄鹤弟手持长剑守护灵芝草，他们拦住已盗得仙草的白娘子。三人在半空中打得不可开交。白娘子只求尽快脱身离去，因为自己已有身孕，功力大不如前，来来回回斗了几十个回合，筋疲力尽。但想到要救丈夫的命，她还是苦苦支撑着。

阅读笔记

“住手！”随着一声断喝，只见山主南极仙翁缓缓走来。白娘子自知理亏，赶忙上前拜见。南极仙翁长叹一声：“你尘缘未了，该此一劫。你速速去吧！”白娘子大喜，拜了三拜，飞快地赶回了家。

吃了灵芝草的许仙慢慢睁开了眼睛。白娘子松下一口气。许仙看见白娘子，吃惊地喊道：“你……你……”白娘子连忙安慰他：“官人，吓昏你的白蛇已被我杀死了，我扶你去看看。”许仙将信将疑地看着被杀死在院里的大白蛇，但总觉得哪儿不对。

这天，许仙找借口说要到镇江金山寺还愿，便偷偷去见法海。法海见到许仙，便说："施主，你脸上的妖气更重了。"许仙很疑惑："可我的妻子和常人并没有什么两样啊？"法海道："那是因为她道行深。施主放心，不出一个月，老僧定会将她捉住，镇在宝塔下面，叫她永远不能再迷惑世人。"

听到这话，许仙不禁想起妻子的温柔善良，连忙说："老法师，谢谢你的好意。说什么我都不相信我妻子是妖怪。今后我们夫妻俩的事，就不麻烦你了。"说完转身便要离开。法海让徒弟拦住许仙，说："施主，你现在不能走，否则你会越陷越深。"不管许仙如何反抗，法海都强行把他扣留在了金山寺。

动作、对话描写

通过动作、语言描写，将法海的理性与许仙的感性形成鲜明的对比，引发读者对此事的深度思考。

几天过去了，白娘子不见丈夫回家，心中不安，便和小青一起上镇江金山寺去找许仙。金山寺前，法海手持金钵，拦住白娘子和小青说道："大胆妖怪，竟敢寻上门来！真是天堂有路你不走，地狱无门你偏行！"

耿直的小青骂道："老秃驴，快把我姐夫放出来，凡事好说，不然踏平你这鬼寺！"法海一听火冒三丈，大红袈裟一扬，舞动禅杖，便和白娘子还有小青打在一起。

白娘子因道行不及法海，又有孕在身，急忙拔下金钗，迎风一晃，转眼滔滔江水汹涌而来，把金山寺团团围住。

眼看大水即将淹没金山寺，法海慌忙脱下袈裟，向空中一甩，罩住了整座金山寺。只要洪水涨高一尺，金山寺就升高一尺，水始终淹不到金山寺。双方僵持了几个时辰，最后无奈的白娘子只能退掉洪水，返回杭州。

看到白娘子水漫金山，许仙终于知道自己的妻子确实不是凡人。但是知道真相后，许仙反倒踏实了，觉得妻

名师解读

由此可见，许仙对白娘子的身份已经释然，他看重的是白娘子的内心和本性，跟她是人还是妖无关。

子比许多凡人更善良。

这天，他趁法海不注意，偷偷跑出金山寺，赶回了杭州。但是白娘子不在家，于是他赶到他们第一次见面的断桥，看见白娘子和小青正坐在一条船上。

小青一见许仙，就劈头盖脸一顿骂："你有什么脸面来这儿？你不是要带秃驴一起来抓我们吗？"白娘子也说："官人，你我夫妻一场，你是知道我的为人的……"说着，白娘子眼泪忍不住掉了下来。

名师解读

相比于人类的复杂，神话故事中的有些妖精显得更纯粹和直爽，他们爱恨分明、心地善良，而不是戴着有色眼镜去蔑视他人。

许仙看了很难受，诚恳地说："娘子，是我一时糊涂。我对不起你，还请你原谅。"于是夫妻和好如初，三人一同回了家。

几个月后，白娘子生下一个白白胖胖的儿子，全家人都很高兴。孩子满月这天，许仙正高高兴兴地办宴席，谁知法海又手持金钵找上了门。

许仙忙说："老法师，我比谁都清楚我妻子的为人。不管她是人还是妖，我都爱她，她也很爱我，请你不要再来打扰我们的生活。"

法海道："阿弥陀佛，施主。不管她如何变化，她都是蛇精，是蛇精就一定会害人。贫僧这是为你好。"说着便闯进门来，悬起金钵，对准白娘子一罩。只见可怜的白娘子还没有反应过来，就被罩在了金钵之下。

语言描写

此处的语言描写塑造出一个无情、冷漠而迂腐的僧人，在法海身上我们看不到一丝温情。

小青正要冲过来与法海拼命，白娘子急忙喊："小青快逃！他不敢杀我。你练好本领再来救我。快走！"法海用金钵罩住了白娘子，把她压在了西湖边的雷峰塔下，自己也在西湖边的净慈寺住了下来。

小青逃回峨眉山，苦练十八年后，胸有成竹地来净慈寺找法海报仇。二人战了几十个回合，此时，法海毕竟年纪大了，只剩招架之功，没有还手之力。小青越战越勇，

场面描写

此处描述了小青砍倒雷峰塔，救出白娘子的情景，再次表达了白蛇与青蛇之间的感情十分深厚。

突然她手起剑落，向附近的雷峰塔削去。随着“轰隆隆”的一声巨响，雷峰塔倒了下来，白娘子又恢复了人形，和小青一起对付法海。

法海慌不择路，只能跳进西湖，躲到螃蟹的硬壳里。

许仙和白娘子、小青再次团聚了。这时许仙和白娘子的儿子也已长大，一家人紧紧地抱在一起，流下了幸福的泪水。

精简点评

法海带着固执的偏见，誓死要将白蛇除掉。他作为一个和尚，太过无情、冷漠。在他的眼中，妖怪永远都是祸害人间的。法海迂腐顽固的思想，活生生地拆散了一对有情人。我们在看待人和事物的时候，不能戴着有色眼镜，不能只看表面，本质才是最重要的。

佳词美句

乌云密布　电闪雷鸣　神通广大　戒备森严　凶多吉少

眼看大水即将淹没金山寺，法海慌忙脱下袈裟，向空中一甩，罩住了整座金山寺。只要洪水涨高一尺，金山寺就升高一尺，水始终淹不到金山寺。

法海慌不择路，只能跳进西湖，躲到螃蟹的硬壳里。

阅读思考

1. 白蛇来到人间给自己起了个什么名字？
2. 你是如何看待法海的做法的？为什么？
3. 如果你是法海，你会怎么做？

海瑞断案

传说在白牛荡旁边有座白马寺，白马寺中的白马神和白牛荡里的白牛神是莫逆之交。白牛神很同情白马神的不幸遭遇。

白马寺中的白马神本是上界的天马，在弼马温孙悟空打开了马厩后，顿时天马行空，甚是壮观。可是有一匹白马脱离了马群，奔跑了很久才停下来。白马边走边看，看着看着，云端下凡间那山清水秀的美景、姹紫嫣红的繁花瞬间将冷清孤寂的天庭比了下去，动了凡心的白马便想到人间去。

此时，玉帝派风神传召命令，要求所有天马速回马厩，只有这匹白马没回去。玉帝震怒，下令鞭挞白马，将其贬入凡尘。

白牛神安慰着跌落在白牛荡边的白马，还安排白马在附近的一个小庙暂时落脚。这一天，吕洞宾恰巧经过白马落脚的小寺，看着白马唱了句偈语“若遇青天来，尔便脱尘海”。白马神把偈语转告给白牛神，他们很快就领悟了其中的真谛。白牛神让白马神平时多做好事，这样就能早日回天界继续做仙马。之后，白马经常在夜里帮平民百姓拉犁耕田。

有一次雨过天晴，有人顺着马蹄印找到小寺，看到木胎泥塑的白马浑身湿漉漉的，十分惊奇。打这以后，白马栖息的小寺香火渐渐兴盛起来。

多年过去，人们把白马落脚的小寺叫作白马寺。这年，白马好心帮李老实一家拉犁耕田，却给李老实一家招来了一场灾祸。那天夜里，李老实知道白马会在晚上帮他犁地，便给白马留下了美味的马料，白马在回寺的路上

阅读笔记

叙述

白马好心帮李老实一家拉犁耕田，无意间忘记吃李老实为它准备的马料，却吃了刁员外家的麦苗，没承想却给李老实带来了灾祸。

太饿了，就吃了田里的麦苗。第二天，李老实发现白马吃了刁员外家的麦苗，心中暗暗叫苦。不久，刁员外去衙门告李老实偷割他家的麦苗，两家对簿公堂，最后李老实被判死刑，打入死牢，秋后问斩。

这桩“青苗案”激起了民愤，海瑞被朝廷派来重新审理这个案子。到了松江府，海瑞微服私访，在这期间听闻了白马寺的传说，他不信泥塑的马会吃麦苗。但苦于找不到线索，没有证据的海大人寝食难安。

名师解读

朝廷派来的官员海瑞听说“青苗案”的冤情和白马寺的传说后，苦苦寻找线索，只为能客观公正地断案，体现了其清正的为官作风。

到了秋后，李老实就该被问斩，白马知道是自己连累了李老实，便拼着命地帮李老实家拉犁耕田，干完活要走时为了报复刁员外，又吃掉了刁员外家一大片麦苗。而此时躲在暗处观察的海瑞和公差见状立马跟上去，为了追上白马，海瑞干脆脱了鞋袜，光着脚追到白马寺。这时白马刚到，身上大汗淋漓。海瑞看见流着汗的白马泥塑，心疼地抚摸马背，感叹道：“白马啊白马，你都可以分辨善恶忠奸，明辨是非，大家虽然都叫我海青天，但是我比不上你的明察秋毫啊！”

随后，海瑞当堂重审“青苗案”，把诬告李老实的刁员外革除功名，发配充军。为了安慰无辜受难的李老实，赏他库银五十两。海青天扶起跪在地上的李老实，还把他亲自送出门。之后，海青天拿出自己的俸银二十两要给白马塑金身。“青苗案”终于真相大白，白马见了海青天引颈长鸣，乘风归去。

叙述

简单概述了刁员外和李老实的结局，意在告诉人们好人终有好报。

名师解读

此处照应前文吕洞宾唱的偈语“若遇青天来，尔便脱尘海”。“青天”在古代可指清官，此处即指海瑞。

李老实沉冤昭雪后，白马寺就不如之前灵验了，大家都说是白马离开白马寺回到了天界的缘故。

如今白马寺的真实地点已经无从考证，但是海瑞智断“青苗案”的故事一直流传至今。

精简点评

贪恋人间美景的白马被贬入凡间，白马在人间做了许多好事，最终重回仙界。然而，白马在凡间的时候，因为自己的一时疏忽而连累了李老实。好在海瑞明察秋毫，最后让李老实沉冤昭雪，故事才有了一个完美的结局。此后，海瑞断案的故事在民间流传开来。这个故事宣扬了我国民间朴素的“善恶到头终有报”的道德理念。

佳词美句

姹紫嫣红　寝食难安　大汗淋漓　明察秋毫　沉冤昭雪

白马边走边看，看着看着，云端下凡间那山清水秀的美景、姹紫嫣红的繁花瞬间将冷清孤寂的天庭比了下去，动了凡心的白马便想到人间去。

海青天扶起跪在地上的李老实，还把他亲自送出门。之后，海青天拿出自己的俸银二十两要给白马塑金身。“青苗案”终于真相大白，白马见了海青天引颈长鸣，乘风归去。

阅读思考

1. 白马为什么会被贬下凡间？
2. 吕洞宾给了白马什么样的提示？
3. 海瑞是一个怎样的官员？

刘罗锅智告贪官

相传，一天乾隆皇帝在午门散步时，发现从午门到正阳门那段御道年久失修，很多地方已经变得坑坑洼洼。乾隆觉得这样的御道有失皇家体面，要重新修整一下。随后他便令和珅承办此事，并让他做好预算，限两个月内竣工。

得到皇上宠信的和珅，贪财成性。他接到圣旨后非常高兴，知道这又是一个发财的好机会。

> **语言描写**
> 此处描写突显出和珅的贪婪无度，他还敢当着皇帝的面撒谎。与前文对和珅的性格描写相互呼应。

三天后的早朝上，和珅带本上奏说："皇上，这段御道确实有碍观瞻，需要全部重修。因为所需石料要从数百里外的房山采办，石匠还要精雕细刻，工程浩大，就算收紧开支，最少也需十万两白银。"乾隆皇帝听了，立刻准奏。

从这以后，御道旁搭起了不少工棚，两旁用草苫将御道遮住，数百名工匠没日没夜地赶工，不到一个月，御道就提前竣工了。

乾隆皇帝在和珅的陪同下巡视，修整后的御道平坦光洁，焕然一新。乾隆龙心大悦，连声称赞。

> **语言描写**
> 此处表现出乾隆不仅十分信任和珅，还对和珅宠爱有加。

第二天早朝时，乾隆皇帝就当众宣旨："和珅主修御道，劳苦功高，工程进展得又快又好，并且提前完工，赏赐白银一万两，官升一等。"

和珅连忙谢恩。他这次名利双收，得意扬扬。

哪知没过几天，刘墉无意中发现了这次修整御道背后的猫腻：其实和珅根本没有去房山采办石料，只是将原来的石块撬起来，令石匠在反面雕刻了一下，把下面的路基平整后，铺上旧石块，便跟新的一样。因此，工期短，成本低，整个工程只花了一万两银子。

刘墉决定将这件事揭露出来，让和珅当众出丑。

这天上早朝时，刘墉等大家进入太和殿后，飞快地将身上的朝服脱下，反过来套在身上，然后悄悄跟了进去。

乾隆皇帝端坐在九龙椅上，居高临下，低头一看，只见群臣后面站着个衣着与众不同的人，觉得奇怪，再仔细一看，原来是大学士刘墉。乾隆心想：他向来办事小心谨慎，注重仪表，今天竟如此粗心大意，将朝服穿反了？好奇怪啊！

顺着皇上的目光，善于察言观色的和珅发现了反穿着朝服的刘墉。按照当时的规定：上朝时如果朝服不整，是要被责罚的。和珅心想：刘罗锅，栽在我的手里，你可有的受了。他故意幸灾乐祸地说："刘大人，你今天怎么啦？"群臣听和珅这么一说，都为刘墉捏了一把冷汗。

奇怪的是，刘墉却低头不语，装作什么也没听见。

要是别人，乾隆皇帝早就发火降罪了，但他知道刘墉一向忠心耿耿，便用责备的语气问："刘爱卿，你怎么将朝服穿反了，快出去穿好了再来见朕。"刘墉装作恍然大悟的样子出去，穿好了又进来，跪地奏道："启奏皇上，微臣今日将朝服反穿了，确实不该，请皇上恕罪。不过，朝服穿反显而易见，如今有人仅仅将御道翻了个面，再略加修饰，就是贪污公款。"

刘墉话音刚落，刚才还盛气凌人的和珅，瞬间脸色大变，顿时矮了一截。

"什么？你说这御道只是翻了个面！"乾隆皇帝一听，连忙追问，"刘爱卿，这到底是怎么一回事？快细细说来。"

名师解读

刘墉故意将衣服穿反，意在向乾隆暗示和坤修整御道一事。不过，乾隆并没有因为刘罗锅反穿朝服而体会其中深意，仅仅表露出几分疑惑。

阅读笔记

刘墉上前，伏地奏道："万岁，此事微臣偶然得知，也已现场查验过。具体的情况还是请皇上先问和大人。"

乾隆皇帝暗吃一惊，便问和珅："你还不实话实说？"

和珅见东窗事发，再也无法隐瞒，忙跪倒在地，说："微臣该死，微臣确实没有从房山采石，为了节省成本只是将原有的石块翻转过来雕刻了一下，重新铺上。"

语言、动作描写

和珅知道事情败露，表现出他慌张、不知所措的一面。

乾隆皇帝顿时勃然大怒："你好大的胆，那么你总共花了多少银子？"

"一万两。"

"那其余的九万两呢？"

"这——"和珅光是拼命叩头，再也答不出话来。

刘墉奏道："皇上，剩下的九万两自然落入了和大人的口袋。和大人在这么一项小工程上都能变出大戏法，确实厉害。此事还望皇上明断。"

到了这个时候，群臣才知道刘墉反穿朝服的意图。乾隆皇帝早已怒不可遏，但是想到和珅是自己最宠爱的大臣，凡事离不开他，只能说："大胆和珅，竟敢欺君罔上。朕命你速将贪污和赏赐给你的银两退回国库，降职一级。这段御道按你原来的方案重新建造，所需银两由你来出。下不为例，否则严惩不贷！"

名师解读

乾隆就这样饶过了和珅，可见乾隆对其偏爱有加。历史上和珅是出了名的巧言令色、趋炎附势之徒，经常哄得乾隆心花怒放。出现和珅这样的巨贪，乾隆皇帝也是很有责任的。

和珅表示认罚，并连连谢恩。这时，纪晓岚奏道："皇上，刘大人参奏有功，应该重赏。"

语言描写

纪晓岚为刘罗锅请赏，侧面也表现出他对乾隆如此处置此事的不满，一个直爽、坦诚的官员形象跃然纸上。

乾隆皇帝朝刘墉笑道："好，朕赏刘爱卿朝服三件。下次你不要将它再穿反了。"刘墉忙道："谢主隆恩。如今御道之案真相大白，微臣怎么会再将朝服反穿！"

精简点评

乾隆因为御道年久失修，所以命和珅前去主持修补工程。但由于和珅的贪婪，在修葺工程中贪污了不少银两，此事恰巧被刘墉发现了。刘墉在朝堂之上，借由朝服反穿的行为揭露了和珅贪污的本性。尽管乾隆大怒，但也只是小小惩戒了和珅一番。贪婪的和珅与机智的刘墉的形象，跃然纸上。和珅如此肆无忌惮的原因，也引发读者的思考。

佳词美句

焕然一新　劳苦功高　名利双收　居高临下　察言观色　幸灾乐祸

哪知没过几天，刘墉无意中发现了这次修整御道背后的猫腻：其实和珅根本没有去房山采办石料，只是将原来的石块撬起来，令石匠在反面雕刻了一下，把下面的路基平整后，铺上旧石块，便跟新的一样。

不过，朝服穿反显而易见，如今有人仅仅将御道翻了个面，再略加修饰，就是贪污公款。

阅读思考

1. 刘墉通过什么方式揭露和珅贪污的行为？
2. 乾隆是如何处罚和珅的？又是如何奖赏刘墉的？

林则徐求雨

对比

文中将心系百姓的林则徐与其他官员形成鲜明的对比，为下文做铺垫。

清朝晚期的林则徐是一位难得的好官。他办事认真而且精明，心系百姓疾苦。道光年间他出任湖广总督，这时他已经有了很高的声誉。

林则徐在湖北任职时，遇到了严重的旱灾，米价暴涨，很多老百姓买不起米，吃不上饭。百姓们人心惶惶。看到此情此景，林则心急如焚。他曾带头捐出家财，去外地买米回来赈济灾民。他希望僚属们也量力而行，捐些钱物，可是每次提到捐献财物，这些同僚就面露难色，借故推脱。因此募集

财物的事儿总是没有结果。

这天，林则徐下令在近期虔诚求雨，要求抚司以下直到各县县令，在求雨前一天实行斋戒以示诚心。

到了求雨的那天，林则徐排在最前面走向祭坛，各级官员也都尾随而至。等上香完毕，大家按顺序坐在事先铺好的芦席上求雨。这时烈日当空，异常燥热，但是林则徐命令所有人一律不许张伞，不设茶水，官员们暗暗叫苦。林则徐说："我们当官的平时养尊处优，不知道民间的疾苦，今天特地请诸位共同体验一下。"

语言描写 官僚们不懂得百姓的痛苦，所以林则徐想借此让他们感受一下百姓们的处境。

大家静坐了三炷香的工夫，林则徐又开口说："茶水还是可以喝一些的。"随后便命令仆役将水瓮抱来，他自己先喝了一些，又将其余的分给官员们。在场的官员早已口渴难忍，接过水就一饮而尽。

没一会儿，林则徐忽然呕吐起来，官员们也纷纷呕吐起来。林则徐说："这是老天爷在检验我们的诚心！"他还嘱咐大家不许掩盖自己吐出的脏东西。他起身亲自验看，同时让随从逐个登记。各官员吐出的都是鸡鸭鱼肉，只有林则徐吐出的是素菜和糙米饭。

名师解读 通过描写林则徐吐出的是素菜和糙米饭，可以看出他是真的为百姓着想，与其他官员吐出的鸡鸭鱼肉形成鲜明的对比，也突出说明了林则徐是一个心系百姓的清官。

林则徐脸色一变，大义凛然地说："你们就是这样为民请命的吗？上天之所以降下灾害，都是因为你们不把百姓的安危当回事！"在场的官员既害怕又惭愧，纷纷抢着捐出钱财，买米来赈灾。这场旱灾虽然严重，但百姓总算平安度过了。林则徐略施智谋拯救了饥民。

精简点评

通过这个故事我们可以看出林则徐心系百姓，平常也和百姓一样吃一些素菜和糙米饭，他对百姓们的疾苦感同身受。然而其他官员并没有这样的觉悟，每天都是鸡鸭鱼肉，养尊处优。本文赞扬了林则徐一心为国为民、不计个人得失的精神。

佳词美句

量力而行　面露难色　养尊处优　一饮而尽　大义凛然

清朝晚期的林则徐是一位难得的好官。他办事认真而且精明，心系百姓疾苦。道光年间他出任湖广总督，这时他已经有了很高的声誉。

他希望僚属们也量力而行，捐些钱物，可是每次提到捐献财物，这些同僚就面露难色，借故推脱。因此募集财物的事儿总是没有结果。

到了求雨的那天，林则徐排在最前面走向祭坛，各级官员也都尾随而至。

这时烈日当空，异常燥热，但是林则徐命令所有人一律不许张伞，不设茶水，官员们暗暗叫苦。

林则徐说："我们当官的平时养尊处优，不知道民间的疾苦，今天特地请诸位共同体验一下。"

阅读思考

1. 林则徐与其他官员有什么不同？
2. 林则徐是通过什么方式让其他官员捐款的？
3. 通过这个故事你能在林则徐的身上学到什么？

葛云飞智捕海盗

清朝道光年间，浙江定海镇总兵葛云飞是一位民族英雄，他在鸦片战争中血战定海，壮烈殉国。生前，他是个智勇双全、忠心耿耿的武官。

叙述

文章开头对主人公简要介绍，为下文的叙述做铺垫。

当时，浙江海防由葛云飞负责。这一时期的威胁主要来自海上，除了外国侵略者外，最厉害的要数海盗。那时猖獗的海盗严重干扰了百姓的日常生产生活。因此，葛云飞全力追捕海盗，经常以船为家。

有一年除夕之夜，当将士们都脱下铠甲，准备欢度新年时，葛云飞突然下令巡海，并立刻率领兵船出发，悄悄地扬帆直奔沿海的某个岛屿，毫无声息地将海岛包围。此时岛上的海盗们正在喝酒猜拳吃肉，好不开心。忽然之间，官兵从天而降，海盗们一个个大惊失色，只能束手就擒。葛云飞下令将俘获的海盗捆绑起来，押解上船，带回定海法办。

场面描写

通过这里的描写可以看出葛云飞的足智多谋，他在除夕之夜突袭，打得海盗们措手不及，把他们一举拿下。

第二天就是大年初一，一大清早，僚属们汇聚到公署前，准备给总兵官拜年。僚属们听说他入海捕盗去了，无不大为惊讶。没一会儿，就看见葛云飞骑马到来，马前押着几十名捆绑着的海盗。

他将海盗交给有关部门审理，将俘获的财货奖赏给士卒，全军欢声雷动。

僚属们出于好奇便纷纷向葛云飞打听，是如何知道这个岛上藏匿着海盗，怎样决定在除夕之夜采取行动的。葛云飞回答说：“浙江沿海有一种名叫海鰼的鱼类，最好的海鰼就产在这个岛附近。然而，最近我发现市面上没

语言描写

通过葛云飞的分析可以看出他做事有理有据、足智多谋。

有这种鱼卖，说明这个岛上一定有海盗，渔民和渔船不敢前去。进兵如果错过好时机，我方将士必定多有劳苦，而且海盗奔逃就难以全部歼灭，不如趁除夕海盗欢聚狂饮时，出其不意地突袭。在海盗没有防备、放松警惕的时候，我们可以轻而易举地将他们一网打尽。”

僚属们听他说完，无不为他的智谋所折服。

精简点评

葛云飞通过鱼市上的一些细节，分析出海盗的藏匿地点，并在除夕夜突袭海盗，最终将他们一举拿下。由此可见，一个足智多谋的人不会像一个无头苍蝇一样行事，而是先探索事物的规律并分析细节，然后采取行动，让每一步行动都在自己的掌控之中，最后一招制胜。

佳词美句

智勇双全　忠心耿耿　大惊失色　束手就擒　欢声雷动

清朝道光年间，浙江定海镇总兵葛云飞是一位民族英雄，他在鸦片战争中血战定海，壮烈殉国。生前，他是个智勇双全、忠心耿耿的武官。

有一年除夕之夜，当将士们都脱下铠甲，准备欢度新年时，葛云飞突然下令巡海，并立刻率领兵船出发，悄悄地扬帆直奔沿海的某个岛屿，毫无声息地将海岛包围。

阅读思考

1. 葛云飞是一个什么样的人？
2. 葛云飞在除夕夜做了什么？
3. 葛云飞是怎样分析出海盗的藏身之处的？

油条的来历

油条最初被称作“油炸桧”，起源于临安（在今浙江杭州）。如今是人们喜欢的早餐食品之一。

话说南宋时期，奸臣宰相秦桧伙同妻子王氏，与金国狼狈为奸，于东窗设下诡计，害死了岳飞。消息传开后，举国哗然，老百姓们个个义愤填膺。

叙述

对故事背景做简要的介绍，为下文做铺垫。

相传，那时候在街市上，有两个卖食物的商贩，一个卖芝麻烧饼，一个卖油炸糯米团。两位商贩看街市上没什么人，就打算坐下来休息聊天。这做烧饼的人叫赵四，卖糯米团的叫李五，两人谈到秦桧害死岳飞的事时，都显露出非常愤懑的神情。于是，赵四从面板上弄了两个面疙瘩，揉揉捏捏，做成了两个面人，一个一脸无赖样，一个一脸刁妇样。紧接着，赵四抓起切面刀，往两个做好的面人上狠狠地划了一道。

李五看到后，认为还不是很完美，于是他把两个切开了的面人重新捏好，然后粘在一起，丢进了滚烫的油锅里。李五一边炸着面人，一边吆喝着：“大家快看，油炸秦桧咯！油炸桧咯！”

来往的行人听见“油炸桧”，都觉得新鲜，纷纷围了过来。众人看着油锅里被炸的面人，才明白了摊主的意思，于是也跟着喊了起来：“看呀，看呀，油炸桧咯！看呀，看呀，油炸桧咯！”

名师解读

忠厚淳朴的赵四、李五因为岳飞被秦桧夫妇害死，义愤填膺，他们通过捏面人的举动，发泄各自的情绪。这些老百姓所表露出的极为可爱、真实的一面不免让人动容。同时，也让我们感受到秦桧这个奸臣以及他的妻子王氏在百姓们心中是罪大恶极的。

恰好此时，秦桧刚下朝，坐着八抬大轿，准备回府。秦桧路过此地时，听见轿子外嘈杂的喊声，觉得极为刺耳，于是立马停轿，命人去抓赵四和李五。亲兵挤进人

名师解读

秦桧见到此番情形，心中自然是又担忧又害臊，因为他知道自己做了亏心事，做贼心虚的他并不敢声张此事。这样的人无论何时何地，永远都是令人深恶痛绝的奸臣。我们应该擦亮双眼，尽量远离这种人。

群，把赵四和李五抓了起来，并将油锅也一起端到轿子前。秦桧看见油锅里的面人，气得大声说道："好大的胆子！我看你们是不想活了，打算造反吗？"

赵四一脸淡定地回答："我们就是个小商贩，没有造反的意图。"

秦桧说："那你怎敢诋毁本官？"

赵四回答说："大人，您误会了，您的桧是木字旁，我这里说的是烩面的烩！"此时，围在轿子旁的路人纷纷说道："是啊，这是音同字不同！"秦桧听完，竟无言以对。但他看到油锅里浮起来的两个面人，很是丑陋。大声说道："这黑乎乎的东西，怎么能吃，分明是刁民聚众闹事，欺蒙官府！"

动作、语言描写

此处表现出百姓的机智。小伙子打退了秦桧的嚣张气焰，让他狼狈而逃。

围观群众里的一个小伙子立刻站出来，说："就应该这样炸，这样炸才好吃！"他一边说，一边捞出油锅里的面人，还急忙说："嗯，好吃，就是这个味道，越吃越有嚼劲！"秦桧听完这人说的话，气不打一处来，只能瞪着眼睛，钻进轿子，灰溜溜地赶紧逃开了。

就这样，秦桧被当众羞辱的事情一时间在临安城引起轰动，百姓们纷纷前来品尝"油炸桧"。于是，赵四和李五就借此机会，两人合伙做起了"油炸桧"的生意。

叙述

这段描述了制作繁杂的"油炸桧"是如何发展为做法方便快捷的油条的。

由于捏面人很费工夫，并且前来吃"油炸桧"的顾客络绎不绝，于是两人简化了制作的过程，将面团揉匀摊开，并切成小条，分成两根，一根当作秦桧，一根算是王氏，然后用擀面杖一压，扭在一起，随之扔进油锅，依然叫它"油炸桧"。

老百姓最开始吃"油炸桧"仅仅是为了发泄心中的不满，但吃的过程中发现味道甚是不错，并且价格低廉，所以吃的人越来越多。一时之间"油炸桧"成为临安城最受欢迎的小吃，许多商贩也纷纷学着做起来。天长日久，“油炸桧”传遍了全国各地，慢慢地名字也由“油炸桧”变成了“油条”，并一直流传至今。

精简点评

秦桧因为害死岳飞，引得举国哗然，百姓们对此愤愤不平。于是有了“油炸桧”，百姓们以此来讽刺秦桧。一时之间，“油炸桧”在临安城声名大噪，前来品尝的人络绎不绝。时间久了，加上“油炸桧”的味道不错，这个小吃便在全国各地传播开来，也由之前的“油炸桧”变成了“油条”，一直流传至今。由此可见，岳飞这样的仁人志士自然流芳百世，而秦桧夫妻这种奸佞之徒必然遗臭万年。

佳词美句

狼狈为奸　举国哗然　义愤填膺　络绎不绝

秦桧听完，竟无言以对。但他看到油锅里浮起来的两个面人，很是丑陋。

这黑乎乎的东西，怎么能吃，分明是刁民聚众闹事，欺蒙官府！

一时之间“油炸桧”成为临安城最受欢迎的小吃，许多商贩也纷纷学着做起来。天长日久，“油炸桧”传遍了全国各地，慢慢地名字也由“油炸桧”变成了“油条”，并一直流传至今。

阅读思考

1. 秦桧做了什么事情让百姓们不满？
2. 什么是“油炸桧”？
3. 秦桧看到“油炸桧”之后，有什么反应？

黄狗鸣冤

叙述

本段是对狄仁杰在洛阳期间的日常工作的描写，可以看出他做事勤勤恳恳，对待百姓们也是抱有慈悲之心。在他的治理下，洛阳城内井然有序。

女皇武则天继位以后，建立武周。有一年，洛阳河水暴涨，一时间，上百艘商船被淹没，大水冲毁了堤坝，百姓们流离失所，浮尸遍野，往日繁盛的景象如今只剩一片萧条。

武则天命同凤阁鸾台平章事狄仁杰处理洛阳的一切大小事务。狄仁杰每日奔波于洛阳的大街小巷，救死扶伤，使得洛阳在遭此劫难的情况下，虽衰但不乱。

一日，狄仁杰巡街返回府中时，坐在轿子内正在闭目养神的他听到窗外一阵嘈杂，隐约听见开路的兵丁叫嚷着要打什么东西，狄仁杰不禁探出头问道："何事喧哗？"

随从中的马荣上前答道："回大人，是一只大黄狗挡住了去路，士兵怎么赶都赶不走，大人莫怪，待我收拾这畜生，正好与兄弟们晚上也能多加一道下酒菜！"

语言描写

从狄公不让随从伤害大黄狗的性命可知，他是一个善良、宽厚的人。

一向慈悲的狄公说："且慢！别去伤它，万物皆有灵，赶走它便是了。"

"是，大人。"马荣说完打算上前赶走这只大黄狗。只见大黄狗穿过人群，来到轿子前，一双乌黑的眼睛看着狄公，嘴里还叼着一个物件，并冲着狄公"呜呜"哀叫。

"好畜生！"一旁的乔泰正准备举起棍子打它。

狄公及时制止了乔泰并说："你看这狗嘴里叼着的好像是衣服的一角，上面还浸了血水。"说完，狄公走出轿子，将手伸向大黄狗的嘴边。

语言描写

从乔泰对狄公的劝阻中，可以看出一个忠仆的细心与尽心。同时，也从侧面反映出洛阳城在天灾过后萧条、衰败的境况。

乔泰上前劝阻道："大人小心，别被这畜生伤到了，如今浮尸遍野，谁知是不是条恶狗，见人就咬呢！"

狄公说："不碍事。"说完，狄公上前轻轻将衣角扯下，只见这只狗随即哀伤地趴倒在地，眼泪汪汪地看着狄公。

狄公拿着衣角观察了一番说道：“马荣、乔泰你们看，这衣服材质是上好的丝绸，能穿得起这种衣服的人必定是富贵人家，可如今这块丝绸沾满了血迹，穿这衣服的人恐怕是凶多吉少了！”狄公哀叹一番，然后缓缓蹲下对大黄狗说道：“狗儿啊，你今日前来拦轿可是为了你的主人啊？”

黄狗听完便站起身来，用嘴扯住狄公的衣角“呜呜”地哀叫着。

名师解读

我们从黄狗不停地哀叫，以及咬住狄公衣角的动作中，可以感受到黄狗此时无助、焦急的心情，这进一步暗示着接下来的故事情节的发展和走向。

“你可是要带我去寻你的主人啊？”狄公接着说。

大黄狗像听得懂狄公的话一样，双眼瞬间有了光，它松开嘴，对着狄公又摇头又摆尾。一旁的士兵看了惊讶不已。

就这样，狄公便跟着大黄狗穿过街巷，走过一条小路，路的尽头是洛河的岸边。只见岸边停着一只千疮百孔的船，船边的草丛里还躺着一具男尸，大黄狗跑到尸体旁，俯首躺了下来，不停地发出“呜呜”的哀叫声。

死者一身商人打扮，但身上的衣物早已破烂不堪，头颅上还有被钝器敲击的痕迹，血迹蔓延到周围，一根带血的船桨静静地躺在一边。

场面描写

此处对案发现场的描写让读者真切地感受到当时的悲惨场景，并以此引出狄公的推断。

“我以为大黄狗的主人遭遇天灾身亡，如今看来这不是天灾，而是人祸所致。此人应该是在洪水中得以逃命，不料上岸后，却被人残害至死。真是可怜啊！”狄公哀叹道。

“通过伤势，这人应该是上了岸，打算从小路往街区走去，但他不知后面还有人跟着……”马荣边说，边拿起船桨做了一个袭击的姿势，“并且顺走了他的财物，一个商人出行在外，可能就是被人谋财害命。我已同其他人检查过尸体，此人身上被洗劫一空，应该是凶手拿走了财物。”

“死者如果是在洪水中丢失了钱财，或许就不会有这

语言描写

说明了马荣对狄仁杰的判断存在疑惑，并提出自己的猜想。

一场灾祸了。”狄公背着双手，看着岸边的小船，“想必是同船的人有心要加害于他。”

“大人是如何断定死者是被同船的人杀害的而不是被在此等候的人杀害的呢？此处较为偏僻，并不是没有这种可能啊！”马荣问道。

语言描写

通过狄仁杰的分析，让读者对案发现场有了更为清晰的了解，也侧面体现出狄仁杰在分析事情时的沉着、冷静。

“你们看那小船，到处都是泥污，想必是在洪水中挣扎了好大一番工夫。再看船里还有两种不同的脚印和狗的爪印，显然这里当时除死者之外还有另一个人在场。估计是这个商人在船只颠簸时，无意间将财宝遗漏了出来，两人在平安上岸之后，凶手便萌生了打劫的想法。”狄公一边说一边指向尸体：“你们再看尸体周围这一大一小的脚印，这只大脚印显然是死者的，凶手的脚印紧随其后。而死者的脚印在草丛处就消失了，周围还有一堆狗的爪印。再看那条泥泞的小路，上面只残留着小的脚印，明显是凶手在杀死死者后，带着钱财沿着小路逃离的证据。大黄狗则围在尸体旁惊慌不已，不停地来回打转，它看到主人已死，前来为主人鸣冤。这也算是一条忠心耿耿的好狗了！”

“什么好狗，好狗就应该誓死保护好主人！”马荣嘟囔着。

“大人，您又发现了什么？”一旁细心的乔泰看见狄公在残留的衣角和尸体之间徘徊、思索，便问道。

“马荣，那你可就是冤枉这条狗了，它的确在誓死保护自己的主人。你看这狗叼着的衣角和死者衣服上面的纹路全然不同。死者的衣服虽说已经破损不堪，但没有一片这样的图案，可见这片布是大黄狗与凶手在撕咬中，从凶手身上扯下来的。并且，凶手极有可能已经被狗咬伤。”

“呵呵，不错！”马荣蹲下来，上前温柔地拍了拍大黄

阅读笔记

狗的脑袋。

“大人，事已至此，那我们该如何才能找到凶手呢？茫茫人海，要找出一个凶手实在太难了，总不能让这条狗去城内挨个人认吧！”乔泰问。

“那倒不必，我们只需设下圈套，凶手自然会浮出水面，人总归是贪婪的。不过以防万一，你二人现在前去各个医馆、药铺问问有没有一个穿着如此花纹衣服的人前来就医。”

“是，属下这就去办！”

第二日，官府便发出来一张告示，引得路人纷纷前来观看，旁边一个穷酸的秀才还一本正经地向周围的百姓们介绍着告示上的内容。“当朝狄仁杰狄大人昨日在岸边发现一具尸体，据说这具尸体是官兵们一直以来通缉的强盗，之前居然还偷过白马寺里太平公主捐赠的金菩萨。此人可谓是胆大包天啊！”

名师解读

狄仁杰对凶手设下圈套，佯装奖赏，实则是引蛇出洞。他通过告示，让百姓们对此信以为真，也让凶手对告示内容更加坚信，进而诱导凶手前来“领赏”。

“上面说这个强盗是在与他人搏斗中被杀死的，好像是准备去打劫他人未果，最后被受害人杀死了，可谓是大快人心啊！你们猜，上面所述的报案者是谁？居然是一条狗！这狗还带着官兵们发现了藏在船底的金菩萨呢！听说狄大人还要将这条狗封为‘义犬’呢！”

众人听完秀才所述，纷纷说道：“告示上还说了什么？快讲来听听。”

秀才看见周围人对他所述充满了期待，于是满是自豪地说道：“上面说狄大人现在在找那个杀死强盗的人，并准备当面赐予他丰厚的奖赏，以此来表彰他为民除害的英勇行为。”

语言描写

此处通过对这位穷酸秀才的语言描写，彰显出此人强烈的虚荣心。

“就不怕有人冒充领赏？”有人疑惑地问。

“你可知狄仁杰狄大人是谁？就连皇上都夸赞他说

名师解读

狄仁杰同大黄狗的对话，让我们看到狄仁杰是一位仁慈的人，同时也彰显出他渴望从大黄狗的动作中感知罪犯的蛛丝马迹。当然，从大黄狗的反应中，读者可以感受到杀人凶手将要落网时大黄狗内心的雀跃。

名师解读

马荣对一个人的判断，仅仅从其外貌上进行审定。在他的潜意识中，作奸犯科的人一定长相猥琐。如今，眼前这位商人衣着整洁，言谈举止温文尔雅，让马荣对其产生怀疑，侧面体现出马荣办案过程中的不成熟。

'狄公断案真乃神人也'，你以为狄大人会想不到这一点？告示上说，只有拿出那个强盗的身上之物以及告之事发经过的人才可以领赏。"

一时之间，这张告示在洛阳城内流传开来，而且在众人的添油加醋下，故事被传得越来越离谱。

而此时的狄府内，马荣来回踱步，乔泰见状说道："别来回走了，晃得人发晕！"

马荣停下步子，转过头对乔泰说："乔大哥，你叫我怎能不急，这么多年跟着大人办案，从未失过手，但如今总免不了担忧。你说大人的这个法子有用吗？"

此时书房内的狄仁杰正抚摸着大黄狗的头："狗儿莫急，那杀人凶手很快就会落网了！"大黄狗听完，又对着狄仁杰摇头晃脑起来，好像在表达它的谢意。

不久，马荣兴冲冲地敲着书房的门说道："大人，来了，来了！"

狄仁杰十分得意地看了看大黄狗说道："你瞧，是不是来了！"然后对着门外的马荣平静地回应道："知道了。"

狄府门外前来求见的人，虽说身穿商人的服装，但从他的言谈举止里一点儿也感受不到商人身上的奸猾姿态，反而透露出严谨恭诚的气质。一旁的马荣看了，不由得说道："这作奸犯科的人看得多了，此人却看不出一点儿杀人凶手的样子，倒像个夫子，他真是凶手？"

乔泰说："凶手还分什么长相？道貌岸然、人面兽心的歹徒比比皆是，你今日怎么会有如此幼稚的想法？先别说了，等大人来了，听他怎么说吧。"

狄仁杰手拈长髯缓缓来到府门之外，向周围前来看热闹的民众微微一笑，然后打量着来人说："你就是与那强盗同船之人？"

“是，大人。小人张忠良，正是那日与歹徒一同坐船的人。原本船上只有小人一个，但突然洪水大涨，洛河里有一人在水中呼救，我便动身将那人救了上来。可在救他的同时，我一不小心将钱财散落了出来，被那人看见，谁知他居心叵测，上了船便萌生了打劫的心思，欲害小人性命。幸好小人见他目光闪烁，隐约察觉此人绝非善类，所以才提防了起来，倍加小心。可上岸后，此人果然要置我于死地，所以小人便乘其不备，将其打死，仓皇而逃。事后，小人一直觉得失手将此人打死，实属不该，想报官又怕百口莫辩，前日看见大人张贴的告示，才敢前来将事情原委全盘托出，还望大人恕罪。大人您看，这就是歹徒身上之物。”

动作描写

通过大黄狗的动作，可以看出大黄狗想为死者报仇，以及对张忠良的恨意之深，为故事情节的发展埋下伏笔。

就在狄仁杰接过张忠良递来的物件时，大黄狗扑向张忠良，不停地狂吠着，欲上前撕咬。乔泰见状，一把抓住了大黄狗，而张忠良看了一眼那大黄狗，便被吓得脸色发白。

“张忠良，既然如此，想必你应该认识这条狗，这条狗是你的还是死者的？”

语言描写

通过张忠良所述可以看出，他本人对此事的虚假描述很是全面，为下文故事情节的转折做铺垫。

“回大人的话，这狗不属于我二人。商人哪会带条狗上路，这畜生其实也是小人救来的，看它同样落难于洛河之中，便随手将其救起。可谁知，这条狗不仅野性难驯，还反咬我一口，好在被我用船桨打退。小的实在遇人不淑，就连出手搭救的狗都同样不知感恩，实在让人悲哀啊！”

“嗯，故事编得不错，我看就只有一点是正确的，你的确用船桨打死了死者，打退了大黄狗，其他的全都是谎言。”

“大人，您何出此言？”

“首先，告示上的内容是假的，目的就是引你出来。不然茫茫人海之中，要我如何彻底查清楚？其次，我觉得你应该将故事反过来讲才是。是你在大水中被受害者搭救了上来，之后受害者又救起了这条大黄狗。只可惜，有的人连一条狗都不如，一心只想谋财害命，而大黄狗肯为这一次搭救赴汤蹈火。”

“大人！大人！你冤枉小人了！”

“冤枉你？你二人上岸后，死者为了救你疲惫不堪，你紧随其后，所以从船里出来的脚印一大一小，一前一后。而大的是死者的，小的是你的，我已经命人勾勒出你脚印的大小，鞋子的样式，就算你扔掉了鞋子，但只要找到你，找到鞋子自然也就不难了。你上岸后手持船桨，跟在死者身后，一击便要了他的性命，倘若照你所述，他要加害于你，他在你前方势必要与你进行一番搏斗，然而案发现场的脚印并不杂乱，死者的脚步甚至都没有后移，所以只能是你杀了他，当你搜刮死者的钱物时，大黄狗才扑了上来，撕咬掉你的一片衣角。你本想等到大灾过后逃之夭夭，可谁承想看到了张贴的告示。好一个忠良啊，正义的名字下没想到却隐藏着一个唯利是图的小人。你既然已经杀死他人，如今又贪图官府的赏银，现在总算自投罗网了！真可谓人心不足蛇吞象。说的就是你这种人！”

名师解读

张忠良虽然叫“张忠良”，却做出不忠不良的事情来，实在是讽刺。更可怕的是，这种人毫无羞耻之心，在杀死救下他的好心人后，居然还能一本正经地编出谎言来领赏。

“大人饶命啊，这一场洪水已经吞没了小人的全部家当，小人的货物也沉入了水底，自己也差点儿丢了性命，小人心生歹意，也是迫不得已啊！大人！小人家中……”

“多说无益，来人，带下去！”

马荣满脸欣喜地说：“大人，这事说来也是奇妙，倘若这黄狗没有前来拦轿，倘若那张忠良不自投罗网，死者估计成了孤魂野鬼也未可知啊。”

狄仁杰看了看马荣，淡淡一笑，然后俯下身子拍了拍大黄狗的头说：“你要知道‘天不藏奸’就是此意！你说是不是啊？小东西。”

名师解读

所谓“天不藏奸”其实就是“法网恢恢，疏而不漏”。古往今来，恶人最终都会受到惩罚，老天爷是不会包庇那些奸诈小人的。所有做过坏事的人，总有一天会得到报应。

精简点评

张忠良被救之后，恩将仇报，萌生了抢劫的想法。随后，杀死了救他的商人。狄仁杰对案发现场分析过后，通过发布虚假公告引出了张忠良。张忠良在杀人之后，不但不知悔改，还佯装成受害者前来领赏，这样的行为让人看来的确是极为无耻的。因此，在对人对事方面，都应该坚守我们做人最基本的准则，善良正直，诚信友善。只有这样，我们才能感受到世间的美好。反观那些忘恩负义之人，最后往往不得善终。

佳词美句

胆大包天　仓皇而逃　赴汤蹈火　谋财害命　自投罗网

死者一身商人打扮，但身上的衣物早已破烂不堪，头颅上还有被钝器敲击的痕迹，血迹蔓延到周围，一根带血的船桨静静地躺在一边。

是你在大水中被受害者搭救了上来，之后受害者又救起了这条大黄狗。只可惜，有的人连一条狗都不如，一心只想谋财害命，而大黄狗肯为这一次搭救赴汤蹈火。

狄仁杰看了看马荣，淡淡一笑，然后俯下身子拍了拍大黄狗的头说："你要知道'天不藏奸'就是此意！你说是不是啊？小东西。"

阅读思考

1. 通过这个故事，你认为张忠良是一个怎样的人？
2. 狄仁杰通过什么方式引出了凶手张忠良？

柳 毅 传 书

大唐仪凤年间，书生柳毅前往京城考试，最后却名落孙山，打算返回吴地。当他临行前，去往几百里外的泾阳与同乡道别时，柳毅途经一片草原，他骑在马背之上，被一路狂奔的马儿颠得浑身疼痛，他便下来牵着马行走，顺便享受周围的美景。可没走几步，柳毅看到不远处有一个年轻女子正在放牧，柳毅感到甚为奇怪，心想如此美丽的女子，怎会一个人在这草原之上放羊呢？

柳毅走近看到那年轻女子双眉紧蹙、满脸愁容，她不时向远处张望，好像在等待什么人似的。

柳毅上前问道："敢问姑娘哪里人氏？怎会独自在这荒野之中？"

年轻女子听见柳毅的关心，脸上浮现出一种极为难过的神情，呜咽着说道："我其实是洞庭龙君的小女儿，父母私自做主，将我许配给了泾川的二儿子。我原本并不乐意，但父母之命，不好违背。这二公子是个浪荡之人，嫁过来之后，我说他不务正业，于是他就记恨我，再加上他身边的那些女人说我坏话，所以他天天折磨我。我受不了这般折磨，就向婆婆诉苦，可谁知她偏袒自己的儿子，于是将我赶到了这里。"说完，这位年轻女子泪水瞬间决堤，泣不成声。

柳毅本想上前安慰几句，却一时不知说什么好。女子冷静了一会儿，继续说道："此地离洞庭湖几千里，我朝着洞庭湖的方向望去，一望无际，想托人给家人捎个信去，可又能找谁呢？我在此受的这般委屈，家人又怎能知道！听闻先生要回家乡去，途经洞庭。我想麻烦您帮我

阅读笔记

夸张

龙女啼哭表现出她内心积压的痛苦。龙女的身世实在可怜，丈夫不务正业、婆婆蛮不讲理，最后让龙女独自承受苦难。

语言描写

语言描写，通过柳毅所说，读者可以从中感受到柳毅为人正直、讲义气的性格特征。

带一封信回去，不知您肯不肯帮忙？”

柳毅听完，义愤填膺地说：“我这人最看不惯如此不公的事情，倘若我能脚下生风，必当立即给您送去信件。可是这洞庭湖实在太大，我区区一个凡人，怎么能把信送到呢？”

女子听完，见柳毅如此讲义气，感激得泪流满面并说道：“你肯帮我，我感激不尽。如果你当真能将信捎到，我就算死也会报答你的恩情。我害怕你不答应我的请求，所以没有事先告诉你去往龙宫的途径。你既然答应替我捎信，我就告诉你前往龙宫的路。”

女子给柳毅行了礼，然后说道：“在洞庭湖的南边有一棵大橘树，当地人都把它叫作‘社橘’。你在树干下，将头上的皮革解下来，换上我给你的丝带，随后再在树干上敲击三下，接着就会有人出来接你。然后你跟着出来接你的人往里走就可以了，什么都阻挡不了你。希望你能将信件交给我的父母，还能把我的境况告诉他们。”

动作、神情描写

通过对年轻女子动作和神情的描写，可以看出她对柳毅抱有极大的期待，并将自己的希望全都寄托在柳毅身上了。

柳毅听完立即回答说：“请你放心，这事儿包在我身上！”

听完，女子将藏在衣服里的信件取出并交给了柳毅，然后不禁又朝着洞庭湖的方向远远望去，泪眼婆娑地抽泣着。柳毅看到她愁苦的样子，流露出无限的怜惜，并更加坚定了要前去送信的信念。

柳毅告别时打趣着女子说：“我当你送信的使者，以后要是路过洞庭湖，你可不要把我当成陌生人一样对待哦。”

女子说：“怎么可能，出于您对我的恩情，我岂止不会躲开，还要把您像亲人一样看待呢。”

柳毅辞别了女子，便骑上马儿朝着东边走去。当他再次回过头时，女子连同羊群都不见了。当天晚上，柳毅在同乡家住了一宿，第二天便告辞了。

柳毅日夜兼程，直奔洞庭湖。一个多月后柳毅终于到达洞庭湖。在洞庭湖的南岸果真有一棵橘树，每逢祭神的日子，当地人都前来举行祭礼，并称这棵橘树为“社橘”。柳毅上前看了看，便按照那女子交代给他的方法换上了丝带，并敲打了三下树干。紧接着，洞庭湖翻起巨浪，中间分开水来，走出一位武夫模样的人。他上前很有礼貌地问柳毅：“请问先生从何处而来？”

柳毅没把送信的事告诉他，只说要拜见大王。于是，武夫就带柳毅沿着洞庭湖分岔的路走了进去，混沌之间，柳毅瞬间来到了龙宫门口。宫门很高，周围一片奢华的景象，各种奇花异草簇拥在周围，格外漂亮，柳毅看了不禁感叹起来。正当他盯着眼前景象出神的时候，宫门忽然打开，一个身穿华服，龙首人身的人走了出来。他看了看站在宫门外的柳毅，很是客气地问道：“你莫非是凡人？来此地有何事啊？”

柳毅上前行了礼，然后回答说：“是的，我本与大王同乡，生于吴地，去京城考取功名，却失败了。回家途中遇到了大王的女儿在草原上放牧，衣衫褴褛，满脸愁容，苦不堪言。我问起缘由，才知道她备受丈夫的摧残，婆婆又蛮不讲理，只知袒护自己儿子，还将您的女儿罚去草原放牧。她托我带来一封信交与您。”

说完，柳毅拿出信件并递给洞庭湖龙王。

洞庭龙君打开信件，看着里面的内容，露出不敢相信的表情，然后又转怒为悲，说道：“都怪我，当初没有听从他人的建议，居然将自己的亲生女儿送去受苦，实在是大错特错，感谢先生能将信送来。”

说完，洞庭龙君就命人将信件传进了后宫，没一会儿就听见许多妇人的哭泣声。洞庭龙君赶紧对身边的随从说：“快进去告诉娘娘们，不要再哭了。别让钱塘君知道，否则又该大闹起来了！”

语言描写

由此可见，这位武夫模样的人很有礼貌，同时也为龙宫里其他人的性格特征做了铺垫。

阅读笔记

语言描写

由此可见，钱塘君的性格暴躁，洞庭龙君对他都有几分忌惮。

柳毅问道：“钱塘君是谁？为什么要怕他？”

洞庭龙君回答说：“他是我的弟弟，我这弟弟如今虽说已经归隐，但为人正直，性情暴躁。尧舜时期的大洪水就是他一怒之下造成的。我怕他知道此事，又得大闹起来，这样一来，一方百姓又得受苦了。”

话还没说完，就听到一声巨响，瞬间宫殿周围都被震得左右摇晃。紧接着，一条身长千尺的赤龙，腾空而起。这条龙双眼亮如闪电，浑身赤鳞如火，随后便带着钱塘与洞庭的水兵西征泾河小龙了。

叙述

柳毅帮助龙女把信件送到洞庭龙君手里，一家人知道后纷纷表示感激。由此可知，龙宫中的氛围是十分和善、友爱的。

柳毅在钱塘君前去救侄女的时候，被刚出来的龙母娘娘热情地请进了龙宫，洞庭龙君打算大摆筵席来答谢柳毅。洞庭龙君命乐队奏乐，以此来答谢柳毅的帮助。萦绕在龙宫内的音乐犹如祥风庆云，仙女列队，随之翩翩起舞。没一会儿，一个威风凛凛的人走了进来。洞庭龙君指着这人对柳毅说：“这就是我的弟弟钱塘君。”

钱塘君上前恭敬地对柳毅说：“是我侄女不幸，受到那厮的欺辱。幸好有先生的帮助，才让我们知道了此事。不然的话，我可怜的侄女可就要被那畜生折磨死了。刚才我已经生擒了那泾河小龙，并吞了下去，顺利救出了我的侄女。先生的大恩大德，在下实在感激不尽！”说完，便向柳毅行了大礼。

柳毅回敬后，一位美丽的女子前来敬酒。柳毅仔细一看，正是托他送信的那个女子，虽说此时的龙女脸上挂着笑容，但眉宇之间依然流露出些许悲伤。她穿着华美，红霞般的烟云围绕其左右，紫气般的光圈也围绕在她的头顶。龙女敬完酒，便轻移莲步，进入了宫中。

名师解读

龙女虽然得救了，但她的眉宇之间依旧流露出几分伤感，为钱塘君指定她嫁给柳毅的命令做铺垫。因为此前龙女已经有过嫁给泾河龙王二儿子的惨痛经历做铺垫，这让龙女对包办婚姻有了极大的心理阴影，虽然柳毅救了她，但并不代表她愿意用婚姻回馈自己的恩人。

洞庭龙君随后便拿出了自己的碧玉箱和钱塘君的琥珀箱来致谢，柳毅再三婉拒，但还是架不住他们的热情，只好收下。钱塘君也顺势对柳毅说道：“我这侄女，嫁给了泾阳那厮，惨遭大劫，幸好有你的帮助，才能得救。她为人善良正直、美丽大方、性情贤淑，人人都说她好。我看先生为人正直，所以我想将我这侄女嫁给先生，两家结为亲戚，不知先生意下如何？”

名师解读

从钱塘君的话中，流露出他对柳毅救侄女的感谢之情。当然，在钱塘君看来，他认为柳毅和龙女很般配，但这毕竟是钱塘君个人的意愿，并不代表两位当事人的真实心意。

柳毅回答说：“钱塘君为人直爽，办事果决，在下很是佩服。但是这婚姻之事，岂能如此草率，更不能勉强。我是因为帮您侄女解脱苦难而来的。我要是为此事而娶了您的侄女，那岂不是乘人之危，这不论对您的侄女还是对我来说，都不是一件好事。因此，在下恕难从命。”

钱塘君见柳毅所说颇有道理，就没有再过多勉强。

第二日，柳毅想要辞行，洞庭夫人苦苦挽留都未能如愿。于是，在柳毅临走之前，他们又摆了宴席再次答谢柳毅。席间，洞庭夫人颇为感激地对柳毅说：“先生救了我的女儿，无以为报，本想多留先生几日，可您又要急着回去。此行一别，不知何时才能再见？”一旁的龙女看着决然的柳毅，流露出依依不舍的神情，再加上洞庭夫人颇为煽情的话语，勾起了柳毅的另一番心思。但前日他毅然回绝了钱塘君的请求，本来心生情愫的柳毅此时觉得有几分懊悔，但又觉得自己的做法正确。就这样，他带着烦乱的心思吃完酒席便离开了龙宫。临行前，洞庭龙君又命人护送他回家，并给了他无数的奇珍异宝。

叙述

通过这里的描述可以看出柳毅虽然在心底已经对龙女产生情感，但在理性思考之后，他认为这种乘人之危的做法是不合适的。

柳毅因为洞庭龙君赠予的珍宝瞬间成为腰缠万贯的富人，前来提亲的人络绎不绝。但此后多年，柳毅几经波折，被人陷害，家道中落，妻子又难产而死。就在柳毅困苦难耐、寂寞孤独之时，龙女装扮成了良家妇女前来与柳毅托媒提亲。婚后的柳毅才意识到，此时的妻子正是龙女，她为了报答自己的恩情，一直在等待合适的机会。如今，看到他如此窘迫，龙女最终没能压抑住自己内心的情

叙述

通过这里的叙述可以看出柳毅因为求雨而帮助很多百姓，救他们于苦难之中，百姓们也同样怀着感恩的心纪念柳毅的恩情。

愫，一心要嫁给柳毅，并用自己的一生来回报柳毅。

柳毅知道真相后备受感动，两人从此恩爱有加，日子也越过越好。

有一年江南大旱，太湖水位直线下降，柳毅于心不忍，便到丈人处去求雨。洞庭龙君毫不犹豫答应了柳毅的请求，并借来雨水，让太湖水位上涨了三尺。百姓们知道后，感激涕零，还在苏州城内建造各种神庙来祭祀。柳毅去世以后，百姓们还在柳毅墓周围建造了柳毅桥，以此来纪念柳毅。

精简点评

本文着重体现了包办婚姻的黑暗，洞庭龙君因为不听他人劝告，将自己的女儿许配给泾河龙王的儿子，谁知嫁过去的小龙女备受折磨，苦不堪言。好在柳毅及时送来信件，才让洞庭龙君知道此事，不然他们可能一辈子都要被蒙在鼓里了。故事中受到压迫的小龙女冷静地寻找方法解救自己，这种行为值得赞赏。

佳词美句

双眉紧蹙　满脸愁容　泣不成声　泪流满面　泪眼婆娑

话还没说完，就听到一声巨响，瞬间宫殿周围都被震得左右摇晃。紧接着，一条身长千尺的赤龙，腾空而起。这条龙双眼亮如闪电，浑身赤鳞如火，随后便带着钱塘与洞庭的水兵西征泾河小龙了。

阅读思考

1. 小龙女为什么独自在草原上放牧？
2. 小龙女是如何求救的？

郑板桥巧断家务事

郑板桥出任山东范县县令期间，清正廉明，受到了百姓们的赞赏。

> **叙述** 开篇介绍了本文的主人公，让读者对主人公有一定的认识和了解。

一日，一个老妇人来到县衙击鼓鸣冤，说她的儿子不孝，想请郑板桥为其做主，严惩逆子。县衙的人对此都颇为奇怪，毕竟“虎毒不食子”，母子二人如今闹到县衙，不知郑板桥会如何裁决。

郑板桥正襟危坐于堂上，仔细倾听着老妇人的哭诉。原来老妇人的儿子叫朱其林，三岁丧父，老妇人带着儿子靠给人家帮工度日。好不容易等到儿子成人，可谁知他娶了媳妇忘了娘，经常打骂老妇人不说，还不给她饭吃。小两口还私下商量着买砒霜将老妇人毒死，除去累赘。夫妻二人的对话被老妇人听得清清楚楚，她生怕不明不白地死去，这才前来状告恶子恶媳。

郑板桥听完，一拍惊堂木道：“现在去将那朱其林夫妻二人速速捉来！”衙役们不敢怠慢，没过多久，夫妻二人被带了进来。两人一看见堂上各种各样的刑具，瞬间被吓破了胆，赶紧跪倒在地，如实招供。

> **动作描写** 通过描述夫妻二人的动作，不难看出这两人属于“窝里横”，一旦遇到大场面，就没有底气了。

郑板桥紧接着问老妇人：“您觉得这不孝子应该怎么处理？”

老妇人一想到不孝的儿子儿媳，便立即说道：“大人，我生了这么一个畜生，就算杀了他也难解心头之恨啊！”

“那今天就让你解解恨。”郑板桥说完，便命人抬过来两块石磨，并吩咐衙役在石磨上拴起绳子，将那恶子恶媳拉到大堂的梁头上。然后，命人将夫妻二人押到石磨下面。小两口看到此情此景，被吓破了胆，浑身颤抖。

“老人家，那今天就由你来行刑，处死你的儿子儿媳吧。”接着，郑板桥命人将绳子交给老妇人。起初，老妇人并不敢接，但是一看到郑大人严肃的表情，只好接了。

紧接着，郑板桥用轻松的语气说：“去，拿点酒来。看来今日要处死一对不孝夫妇了，实在是值得庆贺啊！”

衙役刚拿来酒，就听见那老妇人喊道：“大人，我拉不住了！”

郑板桥笑着说：“那您就松手啊。”

老妇人急忙说道：“大人，请您找人帮帮我吧，这石磨真要是砸下去，我的儿子儿媳可就没命了啊！”

郑板桥说：“那您就放一根留一根，如此会轻松很多。”

老妇人说：“不行啊，一根都不行！没了儿子，谁给我送终？没了儿媳，上哪儿再去找像她一样对我儿子好的人？”

郑板桥说：“那我无能为力，秉公办事，执法如山是我的责任！”

老妇人见状，立即对早已经被吓坏的儿子大声吼道：“傻儿子，还不赶紧拉着你媳妇躲开啊！”

朱其林见郑板桥没作声，一动也不敢动。老妇人看到儿子，又气又急，于是心头一横，把绳子缠到了自己的脖颈之上。

名师解读

老妇人的情绪从刚开始的气愤再到如今打算为了儿子去死，发生了翻天覆地的改变。而这种心理上的变化是在郑板桥的影响下产生的。因为老妇人一开始抱着一种仇恨的态度，忘记了儿子好的一面。她只知道一味地放大儿子的缺点，根本想不起来他是自己的亲生骨肉。

“娘啊，你不能死啊！”小两口见此情境，赶紧将绳子放了下来，救下老娘。三人抱成一团，哭得死去活来。

郑板桥看到这一幕，开怀大笑：“本案就此了结！一家三口和好如初。”

老妇人一家三口随即一齐下跪向郑板桥磕头致谢：“多谢大人，救了我们一家人！”

衙役们见此，无不夸赞郑板桥的足智多谋，赞叹他连家务事也能断得令人心服口服。郑板桥同衙役们说："常言道'清官难断家务事'，如果连家务事都断不好，又哪里算得上是清官呢？"

精简点评

郑板桥通过激将法让原本丧失理智的老妇人清醒过来，她不再状告自己的儿子，而是设法缓解家庭关系，一时之间全然忘却自己当初为什么要来衙门。对于这种家务事，一般人都很难将其审理清楚，因为其中夹杂了太多需要考虑的因素，增加了案子的难度。但是郑板桥一出面便巧妙地化解了母子之间的矛盾，让全家人和好如初。

佳词美句

清正廉明　击鼓鸣冤　秉公办事　开怀大笑

县衙的人对此都颇为奇怪，毕竟"虎毒不食子"，母子二人如今闹到县衙，不知郑板桥会如何裁决。

好不容易等到儿子成人，可谁知他娶了媳妇忘了娘，经常打骂老妇人不说，还不给她饭吃。

衙役们见此，无不夸赞郑板桥的足智多谋，赞叹他连家务事也能断得令人心服口服。郑板桥同衙役们说："常言道'清官难断家务事'，如果连家务事都断不好，又哪里算得上是清官呢？"

阅读思考

1. 老妇人为什么要状告自己的儿子？
2. 郑板桥是如何巧妙地化解了这对母子之间的矛盾的？
3. 当老妇人听到儿子、儿媳要被行刑时，她有什么表现？

望夫石的传说

叙述

文章开头对故事背景做了简要的介绍，让读者对全文内容有更清晰的认知。

话说有一位叫作海郎的渔夫，同大伙一起出海打鱼。然而天有不测风云，突然之间，乌云密布，海浪不停地翻滚着，船只被海浪卷入了海里，船员们接连丧命，但是幸运的海郎躲过了这一劫。他躺在一块烂木板上，昏厥了过去，不久后，木板漂浮到了一片孤岛上。

一天，海郎在岛上散步，在岸边救了一条石斑鱼，并将其放生。然而，让人没想到的是，被救的石斑鱼其实是海龙王的女儿。小石斑鱼为了报恩，来到海郎身边，偷偷地陪着海郎。日复一日，小石斑鱼逐渐长成了人的模样，并且十分漂亮。于是，小石斑鱼就来到了海郎所住的地方，敲了敲门。海郎打开门好奇地问道："请问姑娘何许人也？怎会来到如此荒凉的孤岛？"

小石斑鱼说："你可曾记得之前在岸边救助过的一条石斑鱼？"海郎答："当然记得啊！"

解释说明

通过这里的解释说明，让读者明白小石斑鱼前来的真正目的，为故事情节的发展做铺垫。

"其实我就是那条石斑鱼，我的真实身份是海龙王的女儿，如今我前来找你，就是想答谢你当初救我的恩情。"

就这样，小石斑鱼与海郎生活在了一起，并成了夫妻。没过多久，他们生下了一个孩子，名叫凡龙。凡龙十分可爱，两人的感情也随着时间的推移越来越好。一家三口在孤岛上幸福地生活着。

但是幸福的生活并不长久，海龙王出门回来后看到自己的女儿不见了，打听了一番才知道女儿在孤岛上和一个凡人一起生活。知道此事的龙王大发雷霆，于是他就装扮成一位满头白发的老人，气愤地来到孤岛上，找到海郎家，对自己的女儿说："你立即跟我回家，我给你三天时间考虑，如果不走，我就让海郎生不如死。"

三天时间过去了，海龙王带领虾兵蟹将一同来到海郎家。海郎和小石斑鱼不愿分开，两人相拥而泣。海龙王决心要将两人分开，并打算狠狠地处罚海郎，小石斑鱼百般央求，却还是无能为力，海郎最终还是被虾兵蟹将强行带走了。悲伤的小石斑鱼抱着凡龙无助地看着海郎被带走，她爬上高山，看着渐行渐远的丈夫，流下了痛苦的泪水。最后，小石斑鱼连同凡龙一起，变成了石头，一直盯着海郎被带走的方向，矗立在那里，直到今天。

叙述 这里的叙述让读者感受到两人的分别之痛，给人一种身临其境的感受。

精简点评

海郎无意间救了小石斑鱼，这条小石斑鱼就是海龙王的女儿，她为了报恩，来到孤岛上与海郎一同生活，并育有一子。可是，海龙王发现女儿和凡人结婚后大发雷霆，无情地拆散了他们。从这个故事中我们可以看到，世间真情存在都是合理的，不能因为自己根深蒂固的守旧观念，就用自己所认知的标准去评判一切感情。

佳词美句

大发雷霆　生不如死　相拥而泣　虾兵蟹将　百般央求

然而天有不测风云，突然之间，乌云密布，海浪不停地翻滚着，船只被海浪卷入了海里，船员们接连丧命，但是幸运的海郎躲过了这一劫。

阅读思考

1. 故事中海郎以什么为生？
2. 小石斑鱼的真实身份是什么？
3. 小石斑鱼最后变成了什么？

劈山救母

> **叙述**
> 文章开头对故事中的人物进行介绍，目的是让读者对文章中的主人公有一个清晰的认识。

刘彦昌是一个书生，也叫刘向。进京赶考途中，刘向顺道前往华山游玩了一番。华山之上有一座神庙，神庙里住着玉帝的外甥女，名叫三圣母，她是二郎神的妹妹。三圣母美丽善良，被王母娘娘派到华山之后，日子过得孤独且寂寞。

这天，当她独自在神庙中跳舞消磨时间时，一位书生突然走了进来。三圣母急忙坐上莲花宝座，变成一尊塑像。走进神庙，刘向一眼就看到了三圣母的塑像。这雕像栩栩如生、美丽且优雅，刘向看着雕像不由得出了神，心想如若能娶这尊雕像为妻，那该是一件多么美好的事情啊！可是，这仅仅是一尊没有情感、没有知觉的雕像。想到这里，忽然一股莫名的忧伤占据了刘向的心，他怀着深深的遗憾，取出笔墨，深情地在神庙的墙壁上写下了内心的感慨和对三圣母的爱慕之情。

> **反问句**
> 连续的反问起到增强语气的作用，旨在突出两人之间存在的重重障碍，这也为文章后续的转折埋下伏笔。

三圣母静静地看着眼前的一切，内心百感交集。此刻出现在自己面前的这位书生潇洒倜傥，对自己又满怀情意，怎能不被他吸引呢？然而，一个是仙女，一个是凡人，他们又怎能结下姻缘呢？想到这里，再看看即将离去的刘向，三圣母流露出无限的不舍与悲痛，于是，她思索再三，决定不顾天条禁令，要与刘向结为夫妻。

就这样，三圣母化身为一个凡间女子追上了刘向，并向他道出了实情。自此，两人伉俪情深、恩爱无比。刘向考期临近，此时的三圣母已经怀有身孕，两人在惜别之时，刘向给了三圣母一块祖传的沉香，让她等孩子出生后就以“沉香”为名。说完，两人十八里相送，难舍难分。

之后，刘向在京城考取了功名，出任扬州府巡按。事情看似越来越好，但就在他准备上任之时，正值王母娘娘的生日，各路神仙纷纷前来祝寿，三圣母因为有孕在身，便以染病为由推掉了行程，留在华山。此事被二郎神知道后，勃然大怒，他斥责妹妹与凡人私通，触犯天条，打算要将其捉回天庭受罚。好在三圣母有一件王母娘娘赠予的宝物——宝莲灯，无论妖魔鬼怪只要见其发光就会立即束手就擒，所以，三圣母丝毫不畏惧二郎神。二郎神也自知无法与宝莲灯抗衡，于是命自己的哮天犬趁三圣母休息之时，偷走了宝莲灯。就这样，失去宝莲灯的三圣母根本不敌二郎神，随后便被其压在了华山下的黑云洞里。在这暗无天日的洞中，三娘生下了儿子沉香，随后又恳求夜叉将儿子送至扬州，留在其父刘向身边。

叙述

文章的叙述表现出二郎神无情的个性，使人物形象更为鲜明。

长大后的沉香，一点点了解了母亲的悲苦，一直想从华山下救出自己的母亲。他把自己的想法告诉了父亲，然而刘向仅仅是一个凡人，只有叹气摇头。沉香看着父亲的无奈，便独自动身前往华山。历经千辛万苦，沉香终于走到了华山。但这苍茫的大山让沉香一时之间无从找起，他不知所措，只能大哭起来。沉香的哭声回荡在山谷中，惊动了霹雳大仙。知道事情原委的大仙想为沉香鸣不平，却也无可奈何。只能将其带回自己的洞府。在大仙的指导下，经过了几年的刻苦训练，沉香终于学会了百般武艺，成功出师。十六岁那年，沉香便向霹雳大仙辞行，前去救母。大仙念沉香有骨气，便赠给他一柄萱花开山神斧。

名师解读

可怜的沉香出生后就被迫离开母亲，所以从小缺失母爱的他内心一直憧憬着和母亲相聚。然而年幼的他并没有可以救出母亲的本领，自己的父亲也仅仅是一介书生，想要救出三圣母更是难上加难。因此无从下手的沉香最终被心中的无助与迷茫压垮。

沉香腾云驾雾，来到黑云洞前大声呼喊母亲，声音响彻天空，回荡在各处，也穿透重重岩层，最后传入了母亲的耳朵里。三圣母听到是自己的儿子，激动不已，但她深

名师解读

身为沉香的舅舅，二郎神不仅没有尽到一个舅舅应尽的职责，反而铁石心肠，并和年少的沉香厮打起来。这样的行为于情于理都是极为不合适的。

知沉香年幼，二郎神神通广大，况且宝莲灯还被二郎神盗走了，儿子哪里是他的对手呢？于是，三圣母就让沉香前去向舅舅求情。

到达二郎庙的沉香，苦苦哀求自己的舅舅。但二郎神铁石心肠，不仅没有答应沉香的请求，还对其拳脚相向，让沉香怒不可遏。于是，沉香放下敬意，抡起神斧，与二郎神打了起来。两人的厮杀排江倒海、地动山摇，惊动了太白金星。太白金星命四位大仙前去一看究竟，四位仙人在云端看了一阵才知道身为舅舅的二郎神居然如此凶狠地对待一个孩子，实在太过无情无义。于是，几位大仙暗中帮助了沉香，这使得沉香越挫越勇，最终二郎神招架不住，落荒而逃，宝莲灯最终回到了沉香的手里。

随后，沉香飞回了华山。他举起萱花开山神斧，奋力一劈，只听见“轰隆隆”的一声巨响，瞬间地动山摇。沉香从黑云洞中救出了母亲，两人紧紧相拥，泪流满面，相

互诉说着这十几年来的苦楚与思念。

后来，醒悟过来的二郎神向自己的妹妹三圣母和外甥沉香认错，沉香也被玉帝封了仙职。玉帝被沉香救母的行为感动，对三圣母与刘向的事情也没有再过问。自此，三圣母、刘向、沉香一家三口终于幸福地生活在了一起。

> **名师解读**
> 文章最后一段对全文起到总结的作用，并升华了主题。

精简点评

铁石心肠的二郎神先是把自己的亲妹妹关押在华山黑云洞中，接着与自己的外甥厮打起来，这种种迹象都透露出二郎神的无情。就连前来查探情况的四位神仙也看不下去了，纷纷出手帮助沉香，最终让沉香母子团聚。顽固偏执的二郎神始终铁面无私地掌管着天庭里的大小事务，而这种无情最后也用到自己的亲人身上，血缘关系在二郎神眼里并没有多大的调和作用。不过，一个人再怎么无情无义，也总有其柔软的一面。最终二郎神醒悟过来，向三圣母一家承认了自己的过失。

佳词美句

潇洒倜傥　伉俪情深　难舍难分　妖魔鬼怪　不知所措　怒不可遏

想到这里，忽然一股莫名的忧伤占据了刘向的心，他怀着深深的遗憾，取出笔墨，深情地在神庙的墙壁上写下了内心的感慨和对三圣母的爱慕之情。

但二郎神铁石心肠，不仅没有答应沉香的请求，还对其拳脚相向，让沉香怒不可遏。

阅读思考

1. 三圣母和刘彦昌是如何相识的？
2. 从文章中你可以看出二郎神是一个什么样的人？
3. 沉香为了救出母亲经历了什么样的挫折？

精卫填海

阅读笔记

上古时代，炎帝有一个女儿，叫女娃。女娃乖巧可爱，黄帝见了她都忍不住夸赞。炎帝对自己的女儿十分疼爱，将其视为掌上明珠。

有一日，炎帝出门未归，女娃就一个人在家玩耍，她十分想让父亲带她出门游玩，去看看太阳升起的地方——东海。但是因为炎帝忙于公务，每日都早出晚归，总是错过日出的时间。这天，女娃见父亲还没有回来，就决定独自前去东海看日出，然后等日落。不幸的是，正当女娃在海上划行时，突然一阵狂风大浪，将女娃的小船打翻了，女娃因此不幸落入了海中，被大海吞没。知道此事的炎帝后悔不已，整日以泪洗面，经常独自神伤嗟叹。

女娃死后，化作一只小鸟，长着五彩斑斓的花脑袋，白色的喙，红色的爪，因为她发出的声音永远都是“精卫、精卫”，所以人们把这只鸟称为“精卫”。

精卫因为痛恨大海夺走了自己的生命，所以暗下决心要报仇。于是，精卫开始一刻不停地从她所住的发鸠山上衔石子，然后一直飞到东海，将其扔进大海，想着要将大海填满。

精卫每一次俯身掠过大海，都会发出悲伤的叫声，来发泄内心的愤怒。大海嘲笑精卫说：“小鸟儿，别不自量力了，你就算填几千上万年，也无法将我填满。”

精卫听见大海的嘲笑，越发愤怒地对大海吼道：“就算用上千万年，就算到世界的末日，我也要将你填平！”

“你为什么这么恨我呢？”

"你夺走了我的生命，将来你还会夺走更多无辜的生命，我不能让你再这么下去了，我总有一天要将你填平！"

精卫就这样，带着内心的不忿，衔着石子来回飞翔着，悲鸣着。后来，一只海燕在路过东海时，无意间看到精卫，便问起了事情的原委。精卫给它讲述了发生的一切，海燕因此被精卫的精神感动，它们结为夫妻，生儿育女，一同从发鸠山上衔石子然后飞向东海。就这样，精卫的子子孙孙直到如今还在坚持做着这件事情，从未停歇。

对话描写

由此可见，精卫虽然知道大海是一望无际、深不可测的，但她依然想用石子填满它，充分体现出精卫坚毅的性格。

精简点评

因为精卫无法忘记大海将前世的自己吞没，所以化身为鸟儿后设想用石子填平大海。大海嘲笑她不自量力，但是精卫始终坚持着。她的想法很简单，就是单纯地想填平大海，好让大海不再夺走无辜之人的性命。精卫单纯的想法，锲而不舍的精神以及宏伟的志向始终支持着她坚定地走在路上，让人不得不佩服。

佳词美句

掌上明珠　以泪洗面　五彩斑斓　不自量力　神伤嗟叹

女娃死后，化作一只小鸟，长着五彩斑斓的花脑袋，白色的喙，红色的爪，因为她发出的声音永远都是"精卫、精卫"，所以人们把这只鸟称为"精卫"。

阅读思考

1. 精卫的前生是什么人？
2. 精卫为什么要填海？
3. 精卫身上的哪些精神值得我们学习？

麻雀报恩

叙述

通过分家产，突显出老大的自私自利，使人物形象更加饱满、立体。

话说在很久以前，有兄弟两人，老大性情蛮横霸道，老二则温柔和善。他们的父母去世后，兄弟俩在分家产的时候，老大将最好的田和房都留给了自己，老二则分到一间小小的房子和一亩薄田。

行为描写

老二看到受伤的幼雀心生怜悯，这与老大的自私自利形成了鲜明的对比。

有一天，老二正在屋内收拾着东西，忽然听见屋外一阵麻雀的叫声，他出门一看，原来是一只幼雀从屋顶的窝里掉了下来，还摔断了腿。老二看着幼雀，心生怜悯，于是捡起幼雀，找了一块布，小心翼翼地缠在了幼雀的腿上，并把它放回了鸟窝。没过多久，幼雀的伤口愈合了，和其他麻雀一样可以自由自在地飞翔了。

到了春天播种的时候，那只被救的麻雀嘴里叼着一颗西瓜籽飞到了老二家的窗台上，它将西瓜籽放下后就飞走了。老二看到窗台上的西瓜籽，将其种在了地里，不久便发了芽。很快，在老二的细心呵护下，西瓜苗茁壮成长，最后结出一个和枕头一样大的西瓜。中秋节当天，老二将成熟的西瓜摘下来抱回了家，他用刀一切，里面居然是一个金娃娃。老二心里别提多高兴了，因为有了这个金娃娃，从此，老二过上了富足的日子。

对比

老二遇到的幼雀是因为一场意外而受伤的，随后他的收获都是因为他在这一次偶然事件中所表现出来的善良。而老大截然不同，他为了满足自身的需求，刻意地去伤害生灵。

老大看见自己的兄弟忽然之间变得富有，很是奇怪。于是，他就去问老二是如何发的财。正直的老二就诚实地将事情经过告诉了老大。老大听完，随即回家找了个梯子，爬上老二家的屋顶找出了麻雀窝，并掏出一窝小雀。他将它们的腿一个个折断，疼得小雀“叽叽”直叫。之后，老大又按照老二的做法，用布条包扎好小麻雀，再把它们放回窝。果不其然，过了没多久，康复的麻雀也给老大带来一颗西瓜种子，老大按照老二的做法，细心照看，终于在他的看护下，西瓜藤上结出了大西瓜，他一心想着也能从西瓜里切出一个金娃娃。八月十五那日，老大抱回了西瓜，用刀慢慢地切开，一看里面不是金娃娃，而是一个白色的骨头娃娃，而且还一脸的苦相。老大见到这个骨头娃娃，气不打一处来，喃喃自语："你说你，不是金的也就算了，还一脸苦相，真叫人晦气。"

自打那以后，老大就走了霉运，日子一天不如一天，而老二的日子越过越红火。

叙述

最后一段是对全文的总结，表现出兄弟二人之间的差异，从而引出两人完全不同的人生轨迹，起到点题的作用。

精简点评

故事到最后，老大依然没有明白自己错在哪里。他不知道自己错就错在被利益冲昏头脑，以至于丧失了对生命最基本的尊重。他为追求自身的利益而去迫害幼雀，然后再将其包扎好，这种行为极为讽刺。老二能过上好日子，是因为他发自内心的善良。

佳词美句

蛮横霸道　温柔和善　小心翼翼　茁壮成长　果不其然　喃喃自语

老二看着幼雀，心生怜悯，于是捡起幼雀，找了一块布，小心翼翼地缠在了幼雀的腿上，并把它放回了鸟窝。

阅读思考

1. 文中兄弟二人有什么不同的性格特征？
2. 你觉得老大为什么没有像老二一样得到金娃娃？
3. 兄弟二人不同的性格与其截然不同的人生之间有什么必然的联系？

尤伯的眼泪

名师解读

文章开头对主人公的生活及人物背景做了简要的介绍，让读者对人物有了一个更全面的了解。由此看出，尤伯一家人代表着最朴实的劳动人民。

阅读笔记

在很久以前，龙山脚下有一个小村庄，村子里住着十几户人家。其中有一个老人叫尤伯，他十分喜欢下棋。尤伯有两个女儿和一个儿子，儿子尤云，一直没有结婚。尤伯一家人勤劳朴实，日子过得也算安稳。

有一年夏天，尤伯去山上修剪树枝。但是因天气过于炎热，尤伯干了没多久，就大汗淋漓，又累又渴。于是，他想去附近的大槐树下歇会儿。走到树下的尤伯看见两个老人在下棋，棋盘旁边还放着茶壶和茶碗，尤伯随即便走了过去。因他在家也经常下棋，对棋路很是精通，所以不由得与两位老人交谈起来，时不时还给出建议。两位老人见尤伯热情，便请尤伯喝茶。早已饥渴难耐的尤伯一杯茶下肚，瞬间感觉一股清香贯通全身，身体上的困乏饥饿瞬间也消失得无影无踪。过了没一会儿，尤伯就倒在了棋盘前的石台上，他忽然感觉周围的一切都发生了变化。远处的云彩一会儿白一会儿黑，远处的田地一会儿绿一会儿黄。等到尤伯醒来时，两位老人还在下棋，他觉得此事颇有蹊跷，但想到儿子明天要去济宁府，便和两个老人打了个招呼，匆忙下山了。

刚走到山脚下的尤伯，一下子觉得路不对，这和自己来时的路全然不同。周围地里的人也没有一个认识的。略显焦急的尤伯满村子找自己的家，从南找到北，从西找到东，怎么也找不到。这时，一位头发花白的老人向尤伯走了过来，他上前向老人打了个招呼，便问起自己身处何处。这一问才知道，那老汉姓尤，已经九十三岁高龄了，

祖祖辈辈地住在这个庄上。尤伯紧接着又问老汉："尤云去了哪里？"老汉告诉他尤云是他爷爷的爷爷。老汉吃惊地问尤伯："您怎么知道我爷爷的爷爷？"尤伯没有作声，赶紧原路返回上山去了。他要上山去找那两位下棋的老人，询问这到底是怎么回事。

尤伯上山后，走遍了整座山，怎么也找不到之前那两位下棋的老人，就连那棵大槐树都不见了。尤伯越想越悲伤，他的妻儿都不在了，世间没有一个他认识的人，想着想着绝望的尤伯坐在山头号啕大哭起来。他从天黑哭到天亮，一连痛哭了好几日，尤伯落下的泪水将脚下的山石滴穿了，然后形成了一个山洞。尤伯最后哭到昏睡过去，睡梦中的尤伯听见一个老人拍着他的肩膀，说："徒儿，你别哭了。你的眼泪都流到东海去了，那里早已经汇聚成了汪洋大海。当你看老人下棋的时候，天上的云，黑色的是雨，白色的是雪，田地里也有一年四季的变化。你快下山去吧！拿着你的刀去为人间做点好事吧！"尤伯突然从梦中惊醒，他四周一望，发现了老人说的那把刀。这把刀闪着金光，锐利无比。

语言描写

语言描写，这里老人解释说明了前文尤伯喝完茶出现的各种变化，可以看出那一杯茶下肚后，尤伯就来到了很多年以后。

尤伯按着梦中老人的吩咐立即下了山，多年以来，他做了不少除暴安良的好事，之后玉帝将尤伯召回了天庭。后来，人们为了纪念尤伯，就把由尤伯泪水滴成的山洞称作"老尤洞"。

精简点评

尤伯因为喝了两位老人的茶而穿越到了多年之后的未来。此时的村庄已经物是人非，想到从此要孤独终老，尤伯悲从中来，一连哭了好几日。他的眼泪汇聚成了大海，山石也被泪滴成洞。

佳词美句

困乏饥饿　无影无踪　号啕大哭　汪洋大海　除暴安良　大汗淋漓

早已饥渴难耐的尤伯一杯茶下肚，瞬间感觉一股清香贯通全身，身体上的困乏饥饿瞬间也消失得无影无踪。

他从天黑哭到天亮，一连痛哭了好几日，尤伯落下的泪水将脚下的山石滴穿了，然后形成了一个山洞。

徒儿，你别哭了。你的眼泪都流到东海去了，那里早已经汇聚成了汪洋大海。当你看老人下棋的时候，天上的云，黑色的是雨，白色的是雪，田地里也有一年四季的变化。你快下山去吧！拿着你的刀去为人间做点好事吧！

阅读思考

1. 尤伯喝了两位老人的茶后，身体发生了什么变化？
2. 尤伯为什么会号啕大哭？
3. “老尤洞”的由来是什么？

彝族火把节的传说

很久以前，有一个来自天上的人叫阿比和一个来自地上的人叫阿巴，这两个人都是大力士，都有力拔山河的力气。阿比听闻阿巴来自地上，并力大无穷。于是他就从天上下来，想要和他进行比试。正好阿巴要出门，他在临行前吩咐母亲说："如果天上的阿比来找我，你就拿一块铁去招待他，并说这是我日常的吃食，叫他尝尝。然后让他等等，等我回来便与他比试。"

> **叙述**
> 阿比被阿巴的计谋迷惑，他相信阿巴每日以铁块为食，因而认为阿巴比自己的力气要大很多，所以临阵脱逃。此时的阿巴已经在气势、心理上战胜了阿比，所以他紧追阿比，要与他比试。在任何形式的战斗中，心理因素往往占据了很大比重，所以有一个积极向上的心理状态，事情就已经成功一大半了。

阿巴走后不久阿比便来了，阿巴的母亲果真按照他的吩咐将铁块给阿比，招待他食用。阿比咬了一口，怎么都咬不动，心想：这阿巴居然吃这么坚硬的东西，那他的力气一定比我的大。阿比随即放下铁块，急匆匆地回去了。

回家后的阿巴听完母亲的讲述，得知阿比因为知道自己吃铁块的事，而害怕他没有自己的力气大，所以临阵脱逃。于是，阿巴赶紧追了出去，阿比刚要上天，就被阿巴拦了下来。

"别走，你不是要和我比赛摔跤吗？来，咱们比试比试。"阿巴说道。

阿比听了阿巴说的，于是张开双手，扑向阿巴，两人摔起跤来。两人的力气震动了天地，周围的山峦、树木也都随之抖动了起来。阿比刚要抱住阿巴，阿巴一个踉跄就被阿比压倒在地。幸好阿巴灵活，他一个挺身，又翻了过来，将阿比压住。不服输的阿比见此状，要求再来一局。这一次，阿巴扎了一个马步，阿比打算用力将其举起并摔下他，但此时阿巴的双脚像生了根一样，纹丝不动。紧接着，阿巴趁对方不留神，一把抓住阿比的胳膊，把他甩出了老远。阿巴走近一看，此时的阿比已经口吐鲜血，身亡了。

天上的菩萨知道了此事，对阿比的死倍感气愤，所以打算处罚阿巴。于是，她派来了大量的虫子去阿巴家周围的田地里吃庄稼。在农历六月二十四日那天晚上，阿巴带领百姓们一同砍了许多松树，并带领大伙儿一同烧虫子，过了没多久，虫子统统被阿巴等人烧死了。从此，彝族百姓们就将农历六月二十四这一天定为火把节，这个节日象征着人们渴望丰收、无灾无害的美好愿望。

解释说明

介绍了火把节的来由及象征意义，让读者对故事情节更加明了。

精简点评

阿比与阿巴两位大力士在比试摔跤的过程中，阿巴因为事先给了阿比一个下马威，让其在心理上出现挫败，使他把这种心理状态带进比试的过程中去。正是因为少了一份自信，阿比没几个回合就死在阿巴的手下。这个故事虽说讲述了火把节的传说，但我们从中不难看出人在比赛竞技抑或其他活动中，都应该时刻保持着必胜的信心，不要因为一些外部因素的干扰就无法安定自己的内心，这种做法是极为不成熟的。

佳词美句

力大无穷　力拔山河　临阵脱逃　招待　吩咐　摔跤

两人的力气震动了天地，周围的山峦、树木也都随之抖动了起来。

阅读思考

1. 阿比为什么要和阿巴比赛？
2. 阿巴是一个什么样的人？
3. 这则故事告诉你一个什么道理？

茶祖宗

很久以前，龙井还是一个荒凉的村庄。村子里零零星星地住了几户人家，其中一处漏风又漏雨的茅屋里住着一位老大妈，这个老大妈无儿无女，孤苦伶仃。年老的她早已经没有了干活的力气，于是只能细心照看屋后面那十八株老茶树。

> **叙述** 文章开头对人物的生活背景做了简要的介绍，以此来展开故事，让读者带着对故事背景的全面的认识阅读下文。

老大妈虽然日子过得困苦，但她热情诚恳，心地善良。每一年，老大妈都会留下许多茶叶，天天烧锅茶，并且在自家门口的凉棚下摆上两条板凳，让来往的路人歇脚。

有一年除夕，大雪纷飞，周围的邻居都办了年货，准备过年。但是老大妈因为家里实在太穷，什么都没有，就连米缸里的米也所剩无几。可是老大妈仍旧按照老规矩，早早起来，将茶叶放进锅里，坐在灶前烧茶。忽然，老大妈看到一位老头儿向她走过来，他抖了抖身上的雪花。老大妈连忙起身招呼："这山上风雪大，快进屋里坐。"

> **动作、语言描写** 此处描写充分体现出老大妈热情、好客的性格，使人物形象更加鲜明。

老头儿走进屋里，一边掸身上的雪花，一边跟老大妈搭话："你这锅里烧的是什么啊？"

"锅里正烧茶呢！"

"明天就过年啦，你不置办年货，礼佛供神，怎么在家烧起茶来了呢？"

老大妈叹了口气说："唉，我一个孤寡老人，哪有钱礼佛供神，只能烧点茶来给路人行个方便了。"

> **语言描写** 表现出老大妈因为没有钱来祭拜神仙，所以想通过做一些力所能及的事为来往的路人行方便。

老头儿听完一笑："不穷，你家门口还放着宝贝哩。"

老大妈听了很奇怪，于是向窗外望去，只看见门口凉棚下放着两条旧板凳，墙角还有一只破石臼，破石臼里除了一堆陈年垃圾外，一切都是老样子，老大妈疑惑地问：“哪儿来的宝贝呢？”

“那石臼可值钱了呢！”

“呵，一个破石臼能值什么钱，你喜欢就拿走吧！”

“哟，我怎能白拿你的东西，这样吧，你既然用不上这东西，就将它卖给我，我叫人来抬。”老头儿说完，就冒着大雪走了。老大妈看着外面的破石臼，觉得这东西脏得过分，别人来抬也不好抬，于是把里面的陈年垃圾都弄了出来，埋到了屋子后面的茶树下，并打来龙井水，将其洗刷得干干净净。最后又把洗刷完的水泼在了老茶树的根上。老大妈刚把石臼清理干净，老头儿就带着人来了。还没进门就听见他大喊：“哎呀，宝贝呢？”

细节描写

细节描写，通过描写老大妈的一系列动作，可以看出她因为看到破石臼很脏，所以对其进行清理。这为后文情节的转折埋下伏笔。

老大妈疑惑地指着石臼说：“这——这不是好好摆着吗？”

“唉，里面的东西呢？你弄到哪儿去了？”

“我埋在屋后的茶树下了。”

老头儿跟随老大妈来到屋后，一看果然如此，极为无奈地说道：“太可惜了，这石臼的宝气全都在这堆陈年垃圾上，既然你已经把它埋在树根下了，那就成全这老茶树吧。”老头儿说完，便离开了。

过完除夕，很快就开春了。这一年，老大妈屋后的老茶树居然密密麻麻地生出嫩芽来，从上面采下来的茶叶，又细又嫩又香。邻居看到老大妈的茶树长得这样好，纷纷砍掉山上的竹子，用这十八株茶树的种子，在各个山头上种起了茶树。时间一年一年地过，茶树越长越多，越长越旺，到后来，龙井这一带的山头长满了茶树。并且因为这里产出的茶叶又细又嫩又香，泡起茶来味道特别香，所

状物描写

通过这里的描述可以看出老大妈将石臼里的“脏”东西埋在茶树下，让它第二年长出许多嫩芽，可见这些“脏”东西是宝贝。

以“龙井茶”便在全国各地出了名。

直到现在，茶农们都说，那老大妈屋后的十八株茶树，是“龙井茶”的祖宗哩。

精简点评

老大妈因为家境贫寒，所以没钱置办年货，礼佛供神。于是，她像往常一样早起烧茶，为来往的路人行个方便。老大妈的做法值得人们学习，善念存在于每个人的心中，我们不能因为自己没钱而忘记行善。像老大妈一样从细微处萌发的善良才是真正的大善。

佳词美句

热情诚恳　所剩无几　密密麻麻　孤寡老人　孤苦伶仃

村子里零零星星地住了几户人家，其中一处漏风又漏雨的茅屋里住着一位老大妈，这个老大妈无儿无女，孤苦伶仃。

每一年，老大妈都会留下许多茶叶，天天烧锅茶，并且在自家门口的凉棚下摆上两条板凳，让来往的路人歇脚。

老大妈看着外面的破石臼，觉得这东西脏得过分，别人来抬也不好抬，于是把里面的陈年垃圾都弄了出来，埋到了屋子后面的茶树下，并打来龙井水，将其洗刷得干干净净。

阅读思考

1. 文中的老大妈在除夕没钱礼佛供神，她用什么方式积德行善？
2. 故事中的老头儿所说的宝贝是什么？
3. 老大妈屋后的茶树在第二年春天发生了什么变化？

黄帝的传说

叙述

通过这里的叙述可以看出黄帝是一个志向高远的人，他在治国安邦方面有远大的志向。

河南新郑县城北门外，有一座古庙，庙前有一块石碑，上面写着“轩辕故里”四个字。传说，黄帝就出生在这里。

话说当年黄帝当了首领，一心想治理好天下，让百姓们安居乐业。他每天都盼望着能找到几位有能力的大臣，但苦寻无果。黄帝经常为此发愁。

一天夜里，黄帝梦见一阵狂风过后，天下所有的污垢都被吹跑了。他还梦见一个大力士，手里握着千斤重弓，并赶着成千上万的牛羊。醒来后的黄帝就在想：风是号令，应该是掌握执政大权的人；而“垢”字去了土字旁，是个后字。这个人可能姓风名后。

动作描写

此处描写突显出黄帝在寻找风后、力牧二人途中付出的艰辛，侧面反映出黄帝是一个意志坚定的人。

紧接着黄帝又想：这人能拿千斤重弓还能驱赶牛羊，他自然是一个力大无穷并且还会放牧的人。那么这人可能姓力名牧，难道天下真有叫风后、力牧的人吗？

于是，黄帝就按照自己的想法到处寻找风后和力牧二人，为此他翻过重重高山，渡过层层河流，吃尽了苦头。有一天，当他来到襄城县时，恰好遇到了风雪天，这让黄帝又冷又饿，无所适从。正在他迷茫的时候，一个小孩儿牵着一匹马走了过来，黄帝向他问了路。于是在小孩的指引下，黄帝终于到达了东海边。他找到了风后，之后又在湖北找到了力牧。就这样，黄帝把这二人请了回去，将他们一个封为宰相，一个封为大将。

后来，黄帝大战蚩尤，蚩尤战败，天下恢复了太平。因为在这一场战争中，宰相风后立了大功，所以黄帝就把新郑县西边不远处的“具茨山”改名为“风后岭”并封赏给风后。黄帝还特意在此建了一座避暑宫，里面修建了花园。山脚下黄帝用来饮马的地方被称为“饮马泉”，山口则称为“黄帝口”。从此，黄帝就把国都定在了新郑县。

有一天，黄帝到避暑宫游玩，看见山沟里有一个放羊的老头儿，于是黄帝便上前问道：“老人家，我想治理好国家，你知道有什么好的办法吗？”

老汉问他：“你是真心想知道吗？”

黄帝说：“当然是真心实意地向您求教啊。”

老汉说：“那行，如果你是真心实意，那就斋戒七天。然后一个人到翠妫河边，这样你就可以得到一本神书和一张神图。”

老汉刚刚说完，就消失不见了。

黄帝完全按照老汉的吩咐去做，斋戒了七日后便往翠妫河边出发了。当他到达此地时，忽然看见一条逆流而上的大鱼，纵身一跃，然后消失不见了。紧接着，河面上就出现了一张绿底红字的图画和一本红皮书。当他正要上前去拿的时候，有一只仙鹤飞过来叼走了水面上的神书与神图。黄帝见此，赶紧拼命追赶。

仙鹤似乎总在有意无意地戏弄黄帝，它飞得又低又慢，一直在黄帝身边飞翔。黄帝在追赶的途中，鞋子掉了，他光着脚踩在树杈子上，脚被扎得鲜血直流。衣服也被刮破了。披头散发的黄帝就这么拼命地追着，看起来甚是狼狈。

黄帝追着这只仙鹤，一直追到第二天天亮，他筋疲力尽、头晕眼花。当他回过神一看，仙鹤居然不见了，而之前那个放羊的老汉就站在不远的“风后岭”的峰顶上，笑着对他说：“这是王母送给你的礼物，拿去吧。”

老汉说完，就飞了过来，将神图和神书递给了黄帝。黄帝接过神书和神图，这神图原来是《神芝图》，上面画着

解释说明

文中所用的引号都是表示特定的称谓，为读者解释说明了这些地点的由来。

阅读笔记

名师解读

黄帝一心想要治国安邦，他按照老汉的吩咐去做了，但是仙鹤对黄帝百般戏弄。坚毅的黄帝没有因为仙鹤的戏弄而停止追赶的脚步。

一棵草，草上有九片叶子，闪闪发光。这时的黄帝恍然大悟，这里的九片叶子就是让他将天下划分为九州。而这红皮书里的内容讲的就是治国的道理。至于这个放羊的老汉，其实是王母派来给他送宝物的“华盖童子”。

之后，黄帝为了感谢并纪念王母，在“风后岭”的半山腰上建造了王母娘娘庙。黄帝按照书上的内容，带领着老百姓们垦荒、种田、修房、盖屋、行历法、制医药。从此以后，百姓们安居乐业，都过上了好日子。

名师解读

黄帝不仅内心坚毅，并且充满感恩之心。之后黄帝通过学神书和神图，治理国家，让百姓们过上了好日子。

精简点评

黄帝一心想治理好天下，所以他历经千辛万苦找到了风后和力牧。之后又在放羊老汉的指引下找到了神图和神书，最后黄帝通过书上所述，开始治理天下。百姓们也因此过上了好日子，天下一派安居乐业、和谐繁荣的景象。黄帝的志向高远，从不计较个人的得失，而是想通过自己的努力，让天下变得更好。所以，我们每个人都应该学会用一种付出的心态去回馈社会，这样我们的国家就会更加繁荣昌盛。

佳词美句

安居乐业　逆流而上　筋疲力尽　头晕眼花　真心实意

黄帝按照书上的内容，带领着老百姓们垦荒、种田、修房、盖屋、行历法、制医药。从此以后，百姓们安居乐业，都过上了好日子。

阅读思考

1. 黄帝是怎样知道风后和力牧二人的？
2. 放羊老汉的真实身份是什么？
3. 王母娘娘给了黄帝什么宝物？

两兄弟打赌

话说从前有两个兄弟，老大总喜欢说“岂有此理”，而老二总喜欢说“哪有这种事”，这两人的口头禅经常被村里人讥笑。

有一天，老大对老二说：“咱们还是改掉这两句口头禅吧。”老二欣然同意。

语言描写

此处描写让我们看到老大和老二之间的约定，进一步推动故事情节的发展。

老大又接着说：“为了下定决心改掉自己的口头禅，我们不如打赌吧？”

老二问：“怎么赌？”

老大说：“咱俩谁要是说出了口头禅，就罚谁十两银子，如何？”

老二说：“行，那就一言为定！”

到了第二天，老大焦急地跑到老二房前，使劲地拍着门说：“你快起来，快起来！”

老二穿好衣服出了门问：“啥事啊？”

“咱后院的井被人偷了！”老大十分着急地说着。

“哪有这种事！”

老大听完，高兴地说：“哈哈，你输了，十两银子。”老二一惊，这才反应过来。老二明知道自己受骗了，但无奈有言在先，只好让大哥过几日再来取银子，给自己宽限几天。

叙述

由此可见，老大为得到十两银子，故意编谎话来套路自己的弟弟，可见其诡计多端。

老二因为此事，一整日都愁眉不展，到了后晌，老二的媳妇从娘家回来了，便问老二怎么回事，老二就无奈地把事情的原委告诉了媳妇。

老二的媳妇很是聪明，她想出了一个妙招：晚饭后，老二媳妇让他躺在床上一动不动，也不许说话。过了没多久，老大就上门来问老二要钱了。此时的老二媳妇赶紧上前一本正经地告诉老大让他别喊，说老二正在生孩子。老大听完大声呵斥道："岂有此理！"

老大话音未落，老二立马从床上蹦了起来，格外兴奋地对老大说："你输了，你输了，银子抵消了！"

名师解读

老二为抵消自己因诺言而输掉的银子，同样套路自己的哥哥，由此可见，两人已经忘记当初立赌约的真正目的了。

精简点评

两个兄弟因为各自的口头禅经常遭到周围人的嘲笑。于是他们通过打赌的方式帮助彼此改掉这个坏习惯。可是等到赌约开始时，老大便忘记这个赌局的初衷，通过套路自己的弟弟谋取钱财，而他的弟弟也以同样的方式"回敬"了自己的哥哥。兄弟二人的这一场赌局荒唐收尾。这则故事告诉我们，当你下决心要做一件事情的时候，要一直记得自己的初衷，不要因为途中出现的其他事情而忘掉你要抵达的目的地，所谓不忘初心，方得始终。

佳词美句

岂有此理　欣然同意　愁眉不展　讥笑　口头禅

老二明知道自己受骗了，但无奈有言在先，只好让大哥过几日再来取银子，给自己宽限几天。

阅读思考

1. 兄弟二人因为什么事情经常被人取笑？
2. 两兄弟为什么要打赌？
3. 老二为什么会愁眉不展？

神医的偏方

乾隆时期，在众多格格之中有一位叫多多的格格。多多格格不仅长得十分漂亮，还能歌善舞，弹得一手好琵琶。因此，多多格格深得乾隆的喜爱。因为多多格格备受皇阿玛的喜爱，所以她从小就养成了唯我独尊的霸道性格，而且内心还很脆弱。

叙述

文章开头对格格的性格、外貌及特长进行了叙述，以此引出下文，为全文做铺垫。

有一次，因为一个舞女在表演中得到了无数的掌声，这掌声远远盖过了多多格格的表演所得到的掌声，所以她当场被气得说不出话来。最后竟然发展到整天都不讲话，只能用手比画，这让乾隆看了分外着急。

乾隆命宫中太医前来医治，他们轮番上阵，可依旧治不了多多格格的怪病。无奈之下，乾隆只能命人在京城内张贴皇榜："凡是能治愈格格怪病者，赏黄金百两。"

名师解读

文中简单概述了朱阿根为替多多格格治病，给了多多格格一个下马威。通过叙述我们看到朱阿根是一个有勇有谋的人。那么，多多格格会被朱阿根的举动吓到吗?

没过几天，小太监说有一位“名医”揭了皇榜，并被宣诏入宫。这位名医其实是乡下的一名兽医，只因不小心碰了一下皇榜，就被拉进了宫内，逼着给多多格格治病。

这位兽医名叫朱阿根，一旁带他进宫的小太监告诉他多多格格是皇帝的掌上明珠，让他小心医治，否则就会丢了脑袋。朱阿根知道事已至此，没有回头的余地，反正横竖都是一死，所以他决定给多多格格治疗。

朱阿根吩咐小太监去御膳房拿一副猪胆，再到马房盛一瓶马尿。准备好这些东西后，朱阿根将药调制完成，众人一闻到这味道，纷纷感到恶心至极。朱阿根当即让多多格格喝下，但是娇贵的多多格格怎么可能咽下这臭烘烘的东西。

朱阿根昂首挺胸，对小太监说：“灌！”

名师解读

当朱阿根听见多多格格开口说话，要治自己罪时，急忙指明多多格格的病痊愈了。这彰显出他的机智和勇敢。

小太监强行灌了小半碗药后，多多格格气不打一处来，立即起身给了身边的太监几巴掌，然后怒斥道：“大胆狗奴才，竟然如此无礼，来人，给我拖下去打！”

朱阿根听完，立即祝贺说：“恭喜万岁，贺喜万岁！多多格格终于能说话了！”

小太监见此也立马给朱阿根磕头跪拜，并称赞道：“神医，真是神医啊！”

乾隆皇帝是什么人？他自然知道多多格格霸道的性格都是自己平时溺爱导致的。经过这件事以后，乾隆便下令对多多格格严加管教。朱阿根因为治好了格格，乾隆当殿书写了“御前神医”的题字赠予朱阿根，并奖励了他黄马褂一件，黄金五百两，然后让御林军送其回乡。

精简点评

多多格格因为乾隆的宠爱，养成了唯我独尊的性格，在一场歌舞表演中因为看到别人获得比自己多的掌声而得了不会说话的毛病。乾隆张贴皇榜招人治格格的怪病，最终一位乡下兽医治好了格格的病。其实多多格格并没有什么生理上的疾病，病因与她霸道的性格有着极大的关系。因此，父母在养育孩子时，不能仅仅关注孩子的身体健康，更应该关注孩子的心理健康。

佳词美句

能歌善舞　事已至此　御前神医　臭烘烘

多多格格不仅长得十分漂亮，还能歌善舞，弹得一手好琵琶。

因为多多格格备受皇阿玛的喜爱，所以她从小就养成了唯我独尊的霸道性格，而且内心还很脆弱。

朱阿根因为治好了格格，乾隆当殿书写了“御前神医”的题字赠予朱阿根，并奖励了他黄马褂一件，黄金五百两，然后让御林军送其回乡。

阅读思考

1. 多多格格有什么样的性格特征？
2. 多多格格得了什么病？
3. 乡下兽医是怎么治好多多格格的怪病的？

龙泉塔的来历

对比

文章开头将以前的滕县和如今的滕县做对比，突显出恶龙被贬入人间后，给当地百姓造成的巨大危害。

名师解读

被贬入人间的恶龙不仅没有因此罢休，反而在人间作乱，让百姓们苦不堪言。世间像恶龙这样的人到处都是，他们不知悔改，更不知道反省自己，通过迫害他人让自己过得舒心，他们根本不知道什么是善，因为恶念在他们的内心已经根深蒂固，他们没有共情的能力。

很久以前，有一个叫滕县的地方非常漂亮，这里的人们安居乐业、幸福快乐，周围一派欣欣向荣的景象。但是忽然有一天，这里天昏地暗，霹雷闪电，暴雨不停。这一切是因为玉皇大帝将一条触犯天条的白龙贬入凡间。但是来到人间的白龙依然执迷不悟，到处危害百姓。

老百姓因为不知道发生了什么，于是都躲在家里烧香磕头，祈求暴雨赶紧停。正当人们苦苦哀求之时，恶龙在暴雨中出现了，它张牙舞爪地对着百姓们怒吼，并威胁他们如果不把猪、牛、羊送到指定的地方，它就要继续惩治他们，损坏他们的庄稼。百姓们听完后，只好答应了恶龙的要求。至此，恶龙才作罢，等待百姓们给它送食物。

恶龙走后，百姓们年年都给恶龙进献牲畜，过了没几年，这里所有的牲畜都被恶龙吃光了，但恶龙依旧不罢休，还要吵着吃牲畜。百姓们为此愁眉苦脸、唉声叹气，但又没有办法。

有一天，一个乞讨的老头儿路过此地，当他听完这一带所发生的事情后，便对百姓们说："这条恶龙，不能再叫它作恶了，一定要除掉它！"百姓们听完很是开心，但紧接着大家又犹豫了起来，他们想：就这样一个老头儿，哪能除掉恶龙？别被恶龙叼走吃掉了呀！老头儿看着犹豫的众人，仿佛猜透了他们的心思，坚定地说："你们别担心，我肯定能收拾这条恶龙，你们今晚只管送来牲畜就行了。"

等到暮色降临，百姓们按照恶龙的要求再一次找来了仅剩的牲畜。此时正处于饥饿状态的恶龙一见到食物，立马开心地吃喝起来。不一会儿酒足饭饱，它就呼呼睡着了。这时，老头儿拿出藏在袖口里的一个手指大小的塔，向着恶龙抛了过去。这手指大小的塔一见风，就变得很大，一下罩住了正在呼呼大睡的恶龙。

人们看到此情此景，都被惊呆了，等他们反应过来，准备向老头儿道谢时，老头儿已经不见了。众人四处呼喊，只听见半空中有人说话，他们抬头一看，正是那位老头儿，于是人们立即全部跪下给老头儿磕头。站在半空中的老头儿说："我是玉皇大帝派来惩治恶龙的，如今那恶龙被塔压住了，不会再作恶了，你们可以放心了。今后，你们就安心种庄稼，好好生活吧。"说完，老头儿就消失在半空中。

> **行为描写**
> 当百姓们知道老头儿其实是神仙的时候，纷纷对他表示尊敬和感谢。

人们被塔的力量震撼，知道恶龙再也不会来打扰他们的生活了。从此，滕县的人们又可以安心种庄稼，好好过日子了。这就是龙泉塔的来历。

精简点评

恶龙的出现，打乱了滕县原本的宁静。被贬凡间的恶龙，祸害百姓。好在上天派人惩治了恶龙，百姓们又开始了幸福安宁的生活。这条恶龙其实象征了当今社会中的恶势力，他们不知悔改，永远都通过压榨别人为自己谋取利益。

佳词美句

欣欣向荣　天昏地暗　霹雳闪电　执迷不悟　愁眉苦脸

但是忽然有一天，这里天昏地暗，霹雷闪电，暴雨不停。

阅读思考

1. 恶龙被贬人间后做了什么事情？
2. 当地百姓为什么会叫苦连天？

隐　身　草

性格、外貌描写

由此可见，"老财迷"十分爱钱，家里到处都与钱财有关。以此让读者对主人公有了更清晰的认知，为下文做铺垫。

从前有一个老财主，他的家里常年供奉着财神爷，房梁上到处雕刻着元宝的图案，大门上还写着"招财进宝"的横批。他的衣服上也绣着大制钱的花样，和别人交谈时，他也是三句离不开一个"财"字，当地老百姓们都称他为"老财迷"。

老财迷虽然家财万贯，但他对待长工们十分苛刻。长工们拼命干活，一年到头来，还是两手空空。长工们是恨在心里，骂在嘴上，各个叫苦连天。

老财迷的院子里长了一棵老槐树，树上有一个老鸹窝。他老婆成天夸这个窝像一个聚宝盆，并说他们家的钱都是因为有了这个老鸹窝才聚起来的。时间一久，工人们听烦了，于是就合起伙来打算让老财迷亲手拆了这个窝，好好地出一口恶气。

语言描写

由此可见，这一伙人为了让老财迷亲自把鸟窝拿掉而做戏，好让老财迷对他们所说的信以为真。

这一天清晨，老财迷起来催促长工们下地干活，刚一出屋门，他就看见槐树下有几个人影，并且还在嘀咕着什么。他赶紧跑到假山后面，竖起耳朵，想听个仔细。其中一个叫张三的人说道："隐身草长什么样我都不知道，怎么个找法呀？"李四说："反正隐身草就在老鸹窝上，要不我上去一点一点地找呗。"朱五说："那不行！你惊动了老鸹，老鸹一叫，东家就要被惊醒了。"杨六说："那不如这样，我们先把老鸹赶跑，然后躲起来。如果东家起来了，他一看没人，准会回去继续睡觉。等他关上门，咱们就立即行动。就这么定了！我们明天半夜里就动手。"几个长工停了一下，杨六紧接着说："这棵隐身草，属于无价之宝。谁能拥有它，就可以隐身，然后想干什么就干什么，到时候不管咱们谁因为这个隐身草发了财，都不能忘了兄弟们啊！”

语言描写

通过杨六所述可以看出这棵隐身草的确是一件无价之宝，这也让正在偷听的老财迷更加相信这棵隐身草的价值。

老财迷又听长工们说了很久，听完就看着他们下地去干活了。此时的老财迷内心满是欣喜，但又有些气愤。老财迷气的是这群人觊觎自家的宝贝，喜的是自己知道了这个秘密。于是，老财迷赶紧回屋将此事告诉了老婆。老财迷的老婆起先只是半信半疑。但最后经过两人的商量，他们还是趁着夜色开始行动了。

老财迷搬好梯子，慢慢地爬上了老槐树然后拆起老鸹窝来。他的老婆则在树下仰起脸盯着树上的老鸹窝。老财迷举起窝里的树枝，挨个儿问自己的老婆看见了吗，他老婆都回答能看见。就这样一连看了好几十回，他老婆终于忍不住了，生气地低下头揉起了自己早已经酸痛的脖子。当老财迷再一次问：“看见了吗？”他老婆随口一说：“没见！”老财迷一听，瞬间喜出望外，赶紧把手中的树枝揣到怀里，并将其藏进了自己的大木柜里。

以为拿到了宝贝的老财迷这下高兴了，他一边躺在床上休息，一边琢磨着怎样发财。老财迷思前想后，觉得自己拥有再多的金银财宝，都没有做官来得舒服，倒不如去偷县太爷的大印，弄个县令做做。

心理描写

描写了拿到“隐身草”的老财迷信以为真，并显露出他贪婪无耻的本性。

第二日晌午，老财迷将隐身草插在脖领上，然后备马直奔县城。到达县衙的老财迷以为正在打盹的衙役没有看见自己，于是他放心大胆地来到大堂上，直奔公案桌，抱起官印转身就走。值班的衙役们一看，哪里来的愣子，竟然明目张胆地偷到县太爷这里来了！于是一伙人蜂拥而上把老财迷打倒在地，捆了起来，夺回了官印。此时的县太爷从屏风后走了出来，问清了缘由，下令杖责老财迷，并押入天牢，听候发落。

精简点评

贪婪的老财迷因为听信长工们的话，坚信自己得到的是一件无价之宝。于是欲壑难填的老财迷前往衙门想去偷官印，不料被关进了大牢。掉进钱眼里的老财迷将生活重心放在了钱财上，所以他已经没有辨别真伪的能力，如此愚蠢的事情老财迷居然都能做出来，可见这位老财迷是思想简单、不明辨是非的人。金钱是人类创造出来的，它是用来衡量事物价值的标尺。通过这篇文章我们要知道，永远不要因为钱财而失去理智，在利益面前要时刻保持清醒的头脑。

佳词美句

两手空空　家财万贯　无价之宝　半信半疑　思前想后　蜂拥而上

从前有一个老财主，他的家里常年供奉着财神爷，房梁上到处雕刻着元宝的图案，大门上还写着“招财进宝”的横批。

老财迷思前想后，觉得自己拥有再多的金银财宝，都没有做官来得舒服，倒不如去偷县太爷的大印，弄个县令做做。

于是一伙人蜂拥而上把老财迷打倒在地，捆了起来，夺回了官印。此时的县太爷从屏风后走了出来，问清了缘由，下令杖责老财迷，并押入天牢，听候发落。

阅读思考

1. 老财迷是一个什么样的人？
2. “老财迷”的外号由何而来？
3. 得到“隐身草”的老财迷都做了些什么事？

盗亦有道

清朝乾隆年间，庆州府崇德县的县令名叫章清。章清是一个读书人，他学富五车，满腹经纶。他在做官期间清正廉洁，周围的百姓都对其赞赏有加。章清在崇德县当县令的几年时间里，将这里治理得井然有序，人人路不拾遗。

叙述

文中对章清进行了详细介绍，为下文的叙述做铺垫。

这时，崇德县旁边的崇文县盗窃案时有发生，一时之间，崇文县上上下下都人心惶惶。随后，章清被调往崇文县当县令，皇上想让章清整顿一下那里的治安。说来也是蹊跷，自从章清成了崇文县的县令以后，这里的盗贼忽然之间都销声匿迹了，再无盗窃案发生。很快，整个县城又回到了安宁祥和的局面。

设置悬念

为什么章清当了崇文县的县令后，那里就没有盗窃案发生了呢？此处设置悬念，引起读者阅读兴趣。

几个月以后，章清将自己的家人接来一起生活，一直到三年任期满了之后，离任返乡。

章清在临行前，当地的百姓们自发地来到码头上给章清送行，章清辞别众人。忽然在送行的队伍中有一个人影闪过，架在章清鼻梁上的眼镜不翼而飞。章清因此也差一点掉进河里，幸好船夫将其拉住才幸免于难。

眼镜的不翼而飞，让章清疑惑不解，他深感奇怪，好在还有一副备用的眼镜。于是章清戴上备用眼镜，并向送行人员挥了挥手，就离开了。

动作、心理描写

由此可以看出章清内心的豁达与乐观，他并没有因东西的丢失而表现出焦急。为故事情节的发展做铺垫。

当天夜里，回程的船只停在崇文县境内的一个小镇上。可到了第二天，章清发现船舱内的所有大木箱都消失了，而这些箱子里装的是章清的全部家产呀，章清又着急又郁闷，心里不由得思考着：这群盗贼真是好大的胆子！我人还没出县城呢，就敢偷到我的头上，实在可恶！如此看来，昨天那副眼镜肯定是被他们偷走的！怎么办？那些窃贼肯定已远走高飞了，这要我怎么找？看来只能自认倒霉了！算了！想到这里，章清不由得长叹了一口气，并吩咐船家上路了。

环境描写

章清丢失的东西最后又出现了，这一转折目的在于引出下文，激发读者的好奇心。

第三天，章清一行人顺利回到了自己的家乡。他站在船头远远望去，码头上竟然放着几个箱子，章清定睛一看，这些箱子就是自己那晚被盗的箱子。章清急忙上了岸，看着这些箱子，其中一个箱子上还放了一封信，上面压着自己那副不翼而飞的眼镜。

阅读笔记

章清又惊又喜，当即拆开信，上面写道：

章大人：

我们是一帮盗贼，在您当任崇文县县令期间，因为仰慕您清正廉洁的好名声，所以从未在您管辖的区域里行窃。但是，当您离任时居然带走好几个大木箱，我们对此不由得产生怀疑，以为这些木箱里都是您从别人那里搜刮来的钱财。所以我们决定偷走您的箱子和眼镜，给您一点颜色瞧瞧。可当我们翻遍所有木箱才发现里面除了书还是书，您所有的积蓄尚不足三十两纹银。人们常说："一年清知县，十万雪花银。"可是您当了多年的县令，依然一贫如洗。看来您的确是个清官，老百姓没有看错。是我们多有得罪，冒犯了您，实在抱歉，故特意将窃走之物完璧归赵，还望大人海涵。

几个自以为是的窃贼

名师解读

通过窃贼的信件我们可以看出这群盗贼并不是那种滥杀无辜之人，他们内心仍然保持着人性的光辉。

章清看完信感慨万千，脸上不由得露出欣慰的笑容，然后自言自语地说道：“哎，真是盗亦有道呀！”

精简点评

因为章清的清正廉洁，在他为官期间，盗贼们也都停止了盗窃，可当他离任后自己的全部家产被人偷了去。事后才发现，盗贼以为章清只是一个道貌岸然的伪君子，所以想给他一点教训，可是盗贼打开他的行李后发现，里面只是书籍和区区几十两银子。所以，虽说盗窃是一件违法的事情，但故事里的盗贼们有自己的良知，他们不随意盗窃，而是劫富济贫，算是一群仁义的人。然而，这世界又有多少道貌岸然的伪君子，嘴上总喜欢讲礼义廉耻，但背后总喜欢做一些偷鸡摸狗、违背道德的坏事。

佳词美句

清正廉洁　满腹经纶　学富五车　井然有序　路不拾遗　不翼而飞

章清在崇德县当县令的几年时间里，将这里治理得井然有序，人人路不拾遗。

说来也是蹊跷，自从章清成了崇文县的县令以后，这里的盗贼忽然之间都销声匿迹了，再无盗窃案发生。

阅读思考

1. 章清是一个怎样的人？
2. 章清前前后后都丢了什么东西？
3. 说说你对“盗亦有道”的理解。

红 石 山

环境描写

通过对宾县周围的环境描写，让读者对此地的布局有一个清晰的认识，有利于读者理解下文。

话说很久以前，有一个叫宾县的地方，在宾县的西边有一个长六十里、宽六十里的大坝，里面的水很清澈。大坝的正中央长出一座直径为四十里的红石山。这座红石山不高也不陡，很像一个高岗子。高岗子的中间凸起一座高峰，像一座铁塔，这就是红石山的山尖。虽说这红石山只有方圆几十里，但埋在其底部的山根绵延了几百里。

比喻

文中将红石山峰比作“铁塔”，让景物更加形象生动。

红石山虽说叫红石山，但不代表这座山到处都是红色的石头，山的表面是一层肥沃的土壤，上面长满了果树和庄稼，放眼望去，到处都是绿意盎然，炊烟袅袅，一派世外桃源的美好景象。红石山中间那座像铁塔一样的山峰上有一座老子庙，老子庙里有一尊老子的石像。这石像雕刻得栩栩如生，一脸慈祥，嘴角两边还各长有一撮胡须。老子像就这样稳坐其中，保佑着红石山周围的百姓们平安喜乐。

叙述

由此可见，这个会动的老子像的法力十分高强，百姓们拿他没有任何办法，只能默默忍受他的迫害。

忽然有一天，老子庙里发生了一件怪事。老子的胡须忽然少了一撮。更奇怪的是，老子像居然会动了，他从坐台上走了下来并告诉大家，他这些年保佑山上山下的百姓们颇有功劳，要百姓们来慰问他，并且每逢初一都要吃一个三到五岁的小男孩，十五吃一个年过半百的老头。到时候，如果想吃哪家的小孩或者老头，他会提前告诉大家。他还说，只要他吹一口气，不管对方有多大的能耐，都能将其瞬间吹到几千里以外，并且动弹不得。只要他不说放了你，你就算死，也脱不了身。他如果第一口气没能吹动你反而让你逃跑的话，那吹第二口气就会让你永

远也说不了话，这是他最厉害的招数。

当他第一次要吃一户人家的老头时，这家的女儿舍不得父亲，痛哭流涕，并没有按照老子像的想法去做，老子像因此发怒了，嘴角边的胡子往上一翘，山下的水也跟着嗖嗖地涨了起来。一时之间将红石山淹没了，然而没过多久，那瞬间上涨的水又褪去了，此时周围的房屋已经倒塌，人也死了一大半。从此以后，再也没有人敢不按照老子像的要求去做了。

名师解读

老子像不顾百姓的安危，也不顾他们与家人的分离之苦，全然由着自己的性子祸害百姓，丝毫没有怜悯之心。

这一天，正当老子像考虑要吃哪一家的老头和小孩时，从西南方向突然刮来了一阵暴风，只见这风吹得飞沙走石，一时之间，天昏地暗。紧接着，一团黑云从空中落下，随后消失，然后出现了一头大青牛。这头牛有三间屋子那么大，眼睛也像脸盆那么大，牛头不断往外冒着火花，身后还拖着一条望不到头的金色彩云，仔细一看才知道那是一条金黄的彩绸长带。

这头大青牛立即吹了一口仙气，只见身后的那一条绸带像有了生命一样，钻进了老子庙。等到再出来时，老子像已经被绸带五花大绑，悬在半空中。由于绸带越缠越紧，老子像顿时没办法呼吸，只能在嘴里一直嘟囔着，发出求饶的声音。百姓们看到此情此景，立即跪下来向这只大青牛叩头跪谢。大青牛对百姓们说："这厮原本是女娲娘娘后花园里的一只癞蛤蟆，因为欲念太深，被贬入凡间。没想到如今居然还敢附身在圣贤老子的身上，让他背负骂名，实在罪不可恕。现在好了，我将它打回原形，收了它的法力，看它以后还有什么本事来祸害人间。"说完，奄奄一息的老子像突然变成了一只背上长满胡须的蛤蟆，无助地在地上跳来跳去，嘴里不断"呱、呱"地叫着。而原本的老子像也回到了老子庙

语言描写

作者借大青牛对百姓们说的话，进一步告诫人们不要陷入欲念之中，否则将会坠入无底深渊。

里，嘴边消失的胡须也重新长了回来。

自此以后，红石山的老百姓们又恢复了以前幸福安康的美好生活，而那只长满胡须的蛤蟆因为暴露了身份，周围的人和动物见了它都躲得远远的，最后饿死在了山下。

叙述

由此可见，这只癞蛤蟆得到了它应有的报应，百姓们也回到了以前美好的生活。

精简点评

红石山的老子像原来是一只欲念颇深的癞蛤蟆，被贬凡间的它依然没有悔悟，继续祸害人间，它将红石山上的子民迫害得民不聊生。好在大青牛及时出现制服了它，让百姓重新过上往日的安宁生活。癞蛤蟆的存在无疑是当今社会上许多人的缩影，他们自私自利，把个人的喜好摆在首位，毫无底线，损人利己。但是，我们要知道，在这个世界上，善恶终有报。

佳词美句

绿意盎然　栩栩如生　天昏地暗　奄奄一息　世外桃源

高岗子的中间凸起一座高峰，像一座铁塔，这就是红石山的山尖。

这石像雕刻得栩栩如生，一脸慈祥，嘴角两边还各长有一撮胡须。

他如果第一口气没能吹动你反而让你逃跑的话，那吹第二口气就会让你永远也说不了话，这是他最厉害的招数。

阅读思考

1. 以前的红石山是怎样一番景象？
2. 会移动的老子像的真实身份是什么？
3. 会移动的老子像为什么会来到凡间？

状元碰壁

明朝崇祯年间有一位富家子弟侥幸中了状元，因此他开始自负地认为自己的才学就是天下第一了。

有一天，这位富家子弟出游的时候，路过一间茅草屋。他走近时，正好看见一位美若天仙的年轻女子出来，这个状元忽然之间被这女子迷住了。他连忙走上前去搭话，但这位女子一直不说话，只是哧哧地笑着。状元被女子的美貌冲昏了头脑，一时之间竟向女子伸出手来。女子立即躲开并大声喊道："娘，快出来呀。"

刚说完，老妇人就出来问道："叫我干啥？"

状元知道这是女子的母亲，还没等她说话，状元就先走上前去说道："学生路过这里，走得口渴了想讨口水喝。"

"快去取碗水来。"老妇人听完就吩咐女子。

"请问您女儿芳龄几何？"状元看女子走后，就问。

老妇人说："她属虎。"

状元掐指一算，然后说："十九岁了啊。可曾婚配？"

老妇人回答说："我这个女儿不愿意出嫁，她想留下来陪我。"

状元说："女大当嫁，肯定是要出嫁的，要是等到了人老珠黄就不值钱了。"

> **名师解读**
> 几句对话就暴露了这位状元的轻薄无礼。前文提及这位富家子弟"侥幸"中了状元，以后便沾沾自喜，体现了他对自我的认知有点儿偏狭。而其行为言语中又流露出对于女性的不尊重，及其腐朽落后的观念，可见这位状元十分肤浅，也注定了他日后会受人奚落。

端着水的女子刚好听见了状元说的这句话，立马露出鄙夷的目光，然后对自己的母亲说道："娘，这人不怀好意，不正经，咱别和他多说。"

状元连忙说："姑娘这么说可就误会我了，我可是新科状元呀。"

老妇人一脸好奇地问："状元是个啥？"

状元说："状元就是考中进士的第一名，诗词歌赋，文章都是天下第一，是天底下最有学问的人。"

女子问："你说的状元几年出一个？"

状元自豪地说："要三年才出一个呢！"

女子听完，"扑哧"一声笑了出来，然后说："呵呵，我还以为千百年才出一个呢，原来三年就能出一个啊！"

> **神态、语言描写**
> 由此可见，女子对状元并没有好感，并且在她眼中，状元的身份并没有太大的殊荣，毕竟三年就能出一个。

老妇人呵斥道："小孩子家知道个啥。"

女子说："既然你这么说，那我正好想讨教你这个状元一个问题，有一个对联，上联是'炭黑火红胜似棉'。下联该如何对？状元是最有学问的人，你能对出来吗？"

状元低头沉思了许久，始终想不出好的答案，然后就羞愧地开始挠头。女子看到状元的样子，立即哈哈大笑起来，拍着手说："哎呀，你这个最有学问的人也不过如此。你觉得'谷黄米白贵如金'如何？"说完，女子仰起头，一脸鄙视地进屋去了。

状元一看，这女子不仅长得漂亮，而且还很有学问，便更加坚定了娶这位女子为妻的想法。于是他对老妇人说："学生尚未娶妻，甚是喜欢您女儿，您如果不嫌弃，我愿以薄礼为聘。"

说完，状元从自己的口袋里拿出两个金元宝递给了老妇人。老妇人看了看状元，然后摸着金元宝说："这玩意儿闻着也不香，摸着又冰凉，是什么东西？"

状元说："这是金元宝，有了它什么东西都可以买到，它是世界上最宝贵的东西。"

老妇人听完，接着把金元宝还给了状元，然后冷漠地说："我家有田地，也有树百株，不愁吃穿，要这玩意儿有何用？"说完，便往屋里走去。

> **名师解读**
> 老妇人前后好似无知地问这位状元"状元是什么""金元宝是什么"，得知后又对其不屑，可见其具有大智慧。世俗人以为荣誉和金钱有无上价值，而在这位老妇人和其女儿看来这些不值一提，可见其格局之大。

动作、语言描写

此处描写再一次突显出状元轻浮的行为，对待女性毫不尊重，与前文相互呼应。

状元一听，着急了，赶紧上前拽住老妇人的胳膊说：“您别走啊，我还有话要说！”

老妇人看见状元这轻浮的举动，立马生气了，大声呵斥道：“你这人怎么一点也不懂礼貌，动手动脚的，怪不得我女儿说你不正经，赶紧走吧！”说完，老妇人挣脱了状元的手走进屋去，“哐当”一声关上了门。

自命不凡的状元在小山村里碰了一鼻子灰，只得悻悻离去。

精简点评

侥幸高中状元的富家子弟以为自己是天下第一，自认为所到之处人们会对自己充满敬畏之心。他遇到的姑娘却让他吃了闭门羹。这个状元虽然学习好、家境好，但他的行为举止等各方面都突显出与之不相配的轻浮。自负的状元并没有意识到问题所在，依然对女子及其家人死缠烂打，最后被赶走。这个故事让我们知道，在日常活动中应该时刻审视自己的行为是否合规矩，不能因为一时冲动，表现出令人反感的一面，人与人的接触，应该把握好尺度。

佳词美句

天下第一　富家子弟　人老珠黄　诗词歌赋　自命不凡

女子听完，“扑哧”一声笑了出来，然后说：“呵呵，我还以为千百年才出一个呢，原来三年就能出一个啊！”

阅读思考

1. 故事中的状元为什么想娶女子为妻？
2. 状元有哪些行为不值得我们学习？

活佛济公

活佛济公是千百年来全国各地家喻户晓的一个传奇人物。人们心里的济公头戴破僧帽，身披破袈裟，手持破蒲扇，外形既不像个僧人也不像个俗人，却像个乞丐，若痴若狂，并且诙谐幽默，神通广大，是一个既爱管闲事又受人喜爱的疯和尚。

外貌描写 开篇引出本文的主人公，接下来将要围绕活佛济公展开详细介绍。

关于济公的传说有很多，并且大多都与杭州西湖有关。传说，济公是南宋时浙江天台人，俗名李修缘。十八岁的济公来到灵隐寺出家，法名道济。但是出家后的济公不守戒律，嗜好酒肉。后来济公转到南山净慈寺当记室僧。

有一次，净慈寺因为失火，大雄宝殿顷刻间被烧毁。济公受方丈的委托去募集修建宝殿的木桩。他在连喝了三日的大酒后，大声对寺庙里的其他人说："木桩有了，就在井里面！"一众人去井边，果然看到井底有木桩涌出。僧人们赶紧从井里先后取出六十几根七八丈长、五尺多高的圆木桩。方丈说够用了，井里的木桩就停止涌现，一根刚准备要出井的木桩在方丈说完话后，也立即停止不动了。所以，在今天的净慈寺中，我们还可以看到"神运井"里水面上的木桩端面。

名师解读 济公轻松地为寺庙准备了木桩，这看似轻松的背后，实则有济公不为人知的辛苦。所以，不要总看到别人轻而易举就获得的成功，因为在成功背后，他们付出了常人难以想象的辛劳。

还有一次，当济公经过西湖边时，他看到不少居民将打捞上来的螺蛳剪掉了尾巴，然后准备吃食。济公向这些居民讨了螺蛳，然后放生到西湖里，没过多久，这些被放生的螺蛳全都活了过来。从此，西湖里就长了许多没有尾巴的螺蛳。至今，虎跑、西溪一带的山涧中，仍生长着没有尾巴的螺蛳，传说这些螺蛳就是当年济公亲手放生的“故物”。

精简点评

济公是一个家喻户晓的传奇人物，他虽然行为不羁，放浪形骸，但是内心正直善良，除暴安良、一心为民。济公做了很多好事，不管对人还是对动物，始终抱有一颗慈悲之心。所以，看似疯癫的济公有很多值得我们学习的闪光点。在日常的学习和生活中，我们应该友善待人，对世间万物充满慈悲之心。

佳词美句

家喻户晓　诙谐幽默　若痴若狂　神通广大　爱管闲事

人们心里的济公头戴破僧帽，身披破袈裟，手持破蒲扇，外形既不像个僧人也不像个俗人，却像个乞丐，若痴若狂，并且诙谐幽默，神通广大，是一个既爱管闲事又受人喜爱的疯和尚。

济公向这些居民讨了螺蛳，然后放生到西湖里，没过多久，这些被放生的螺蛳全都活了过来。

至今，虎跑、西溪一带的山涧中，仍生长着没有尾巴的螺蛳，传说这些螺蛳就是当年济公亲手放生的“故物”。

阅读思考

1. 济公是一个怎样的人？
2. 济公都做过哪些好事？
3. 我们从济公身上学到了哪些优秀的品质？

春节的来历

在很久以前，有一个凶狠的怪兽叫作“年”，这个怪兽面目狰狞，头上还长满犄角，样子非常吓人。“年”长期生活在大海的深处，每年在腊月的最后一个晚上，它就会从大海中出来跑进附近的村庄，吃掉村庄里的人和牲畜。人们因此恨透了这头大怪兽。于是人们就把每年这一天称作“年关”，也就是我们通常所说的“除夕”。每到除夕夜，人们都携家带口跑到外面，就是为了躲避“年”的捕杀。

状物描写

对“年”的外形及生活习惯做了介绍，体现出“年”这个怪兽的可怕，以此来为文章后续做铺垫。

有一次，眼看除夕夜将至，村庄里的人都在纷纷为外出避难做准备。这天早晨，村庄里来了一位乞讨的老人，他拄着拐杖，拿着袋囊，长长的胡子随风扬起。此时周围的村民都在收拾行李，大家都极为慌张。一个匆忙的年轻人路过时，不小心撞上了前来乞讨的老人，并连忙劝他赶紧躲一躲。老人听完，只是微微一笑，不慌不忙地说：“如果你可以让我待在你的家里，我一定能将‘年’这个怪兽赶走。”年轻人听完，对着老人上下打量了一番，本来一脸不屑，但看到老人鹤发童颜，气宇非凡，就觉得老人说不定有什么过人之处，于是将老人带回了自己的家。但这位年轻人还是跟着其他人一同前去避难了。

外貌描写

刻画了一个老人的形象。他仙风道骨，会是谁呢？

到了半夜，“年”如期而至，可它到村子一看，周围一片漆黑。它张望了半天，只看见有一户人家亮着灯，于是“年”立即扑了过去。等到了门口一看，这户人家的窗户上贴了一张红纸，里面还传出了“噼里啪啦”的声音，此时的“年”因为这一切而有些害怕，止步不前。忽然一位身穿红色大衣的老人走了出来，“年”一看，立即转身逃

场景描写

由此可见，“年”这个怪兽对于红色和“噼里啪啦”的声音十分惧怕，这也为人们驱赶“年”埋下伏笔。

走了。原来，“年”最害怕的就是红色和“噼里啪啦”的声音。

第二天天一亮，村子里的人回来了，他们看见年轻人家的窗户上贴上了红色的纸，院子里还有没有烧尽的竹子，并且屋子里还残留着没有烧完的红色蜡烛。村民们这才恍然大悟，他们终于知道了驱赶“年”的办法。

总结

文章最后一段对全文关于春节的来历进行总结。

后来，每一年除夕夜，村庄里家家户户都贴起了红色的对联，并且放爆竹，家里还要灯火通明，直到第二天天亮，才出门走访亲友，相互道贺，并祝福彼此在新的一年里平平安安，健康喜乐。这就是春节的来历。

精简点评

红色是中国人最喜欢的颜色之一，它代表着喜庆，而燃烧爆竹具有消除灾祸的寓意。人们也通过贴对联、放爆竹的形式消灾祈福，希望来年顺顺利利，健康平安。

佳词美句

面目狰狞　鹤发童颜　气宇非凡　噼里啪啦　健康喜乐　灯火通明

年轻人听完，对着老人上下打量了一番，本来一脸不屑，但看到老人鹤发童颜，气宇非凡，就觉得老人说不定有什么过人之处，于是将老人带回了自己的家。

阅读思考

1. 故事中的老人用什么方法驱赶了“年”？
2. 故事中人们为什么会在除夕外出逃难？
3. 你还知道哪些有关传统节日的故事呢？

聪明的阿凡提

很久以前，有一个聪明的新疆人叫阿凡提。他为人善良且很有正义感，总是喜欢帮助穷人。他们那里有个财主极其蛮横无理，经常剥削穷苦百姓。所以，阿凡提打算找个机会惩治一下这位财主。

这一天，阿凡提来到财主家跟他说："大人，我打算去种金子，如果您需要，我可以帮您也种一些出来。"

财主一听，满是疑惑地问道："金子还能种出来？"

阿凡提道："当然可以！"

财主半信半疑地拿出了两枚金币对阿凡提说："既然如此，那你先拿着这两枚金币去种吧，等到丰收了，咱们平分。"

名师解读

从财主满脸疑惑的询问中，可知他对于金子能从地里面长出来这件事表示怀疑，侧面反映了他的愚蠢。一个人聪明与否，关键在于其是否有自己的思想，以及能否对事物做出正确的评判。

名师解读

财主看到阿凡提提来金子，很是开心。之前他对此事还表示怀疑，但当看到金子的那一刻，财主把自己的疑虑全然抛在脑后了。财主心里想的是地里真的能长出金子。由此可见，这位财主是极为贪婪的。

“遵命！”阿凡提接过金币，郑重其事地对财主说道，“等金子长出来了，我一定将金子如数带给财主。”

一个月之后，阿凡提提着一小袋的金子来到财主面前说：“大人，您之前命我种下的两枚金币，如今长出了二十枚金币，这是十枚金币，您收下。”

财主见了大喜过望，立马接过金币，心想：看来种金币真是一件稳赚不赔的事情。于是，财主赶紧命人又拿了九十枚金币外加阿凡提送来的十枚金币，一起给了他，并说道：“这次你把这一百枚金币都拿走吧，等下一次成熟，你再拿来，我们平分。”

“遵命！”阿凡提恭恭敬敬地接过财主给的金币，转身便离开了。

语言描写

金子真的旱死了吗？此处描写进一步推动了故事情节的发展。

又一个月过后，阿凡提再一次来到财主面前，这一次阿凡提却是空手而来，他沮丧地对财主说：“大人，不好了，我们倒大霉了！老天爷一个月没下雨，太阳烤得大地都冒烟了！金子全都旱死了，我们不光没了收成，就连种子也赔光了！”

财主听完极为愤怒地说：“胡说八道！金子怎么能旱死呢？你一定是把金子私吞了！”

阿凡提淡淡地回复财主：“大人，您既然相信地里能长出金子，为什么不相信金子同样能像庄稼一样旱死呢？”说完，阿凡提转过身去，大摇大摆地走了。财主则吃了一个哑巴亏，一脸茫然地看着离去的阿凡提。

至于这些金子呢，其实，阿凡提在得到那一百枚金币以后，就将它们全部分给了那些穷苦百姓。

精简点评

阿凡提通过自己的智慧为百姓们伸张正义。所谓“劫富济贫”，真正在阿凡提的身上上演，他让贪婪的财主哑口无言。财主的种种行为都表现出他的贪婪无耻，尤其是喜欢坐享其成，贪图小便宜。事实上，当一个人开始贪图小便宜，爱耍小聪明时，这种习惯会日积月累，酿成大祸。所以，不是自己的东西不要随便去触碰，不要以为谁都没有自己聪明，也不要将别人当成傻子。

佳词美句

蛮横无理　既然如此　郑重其事　稳赚不赔　恭恭敬敬

他们那里有个财主极其蛮横无理，经常剥削穷苦百姓。所以，阿凡提打算找个机会惩治一下这位财主。

财主见了金币大喜过望，立马接过金币，心想：看来种金币真是一件稳赚不赔的事情。

阿凡提淡淡地回复财主：“大人，您既然相信地里能长出金子，为什么不相信金子同样能像庄稼一样旱死呢？”

阅读思考

1. 你觉得财主是一个怎样的人？
2. 阿凡提用什么方法教训了财主？
3. 阿凡提将一百枚金币给了什么人？

铁杵磨成针

唐代大诗人李白幼年时便广泛阅读经书、史书。那些书都十分深奥，他一时读不懂，便觉得枯燥无味，就丢下书，跑出去玩。

场面描写

由此可见，老婆婆十分认真地在磨自己手中的铁棒子，以至于根本没有察觉到李白的到来，体现出老婆婆的认真、专心。

他一边闲游闲逛，一边东瞧西看。他看见一位老婆婆坐在磨刀石旁的矮凳上，手里拿着一根粗大的铁棒子，在磨刀石上一下一下地磨着，神情专注，以至于李白在她跟前蹲下都没有察觉。

李白不知道老婆婆在干什么，便好奇地问："老婆婆，您这是在做什么呀？"

"磨针。"老婆婆头也没抬，简单地回答了李白，依然认真地磨着手里的铁棒。

语言描写

字里行间流露出李白对老婆婆磨铁棒这件事的诧异。

李白很不明白，老婆婆手里磨着的明明是一根粗铁棒，怎么说是针呢？李白忍不住又问："老婆婆，针是非常非常细小的，而您磨的是一根粗大的铁棒呀！"

老婆婆边磨边说："我正是要把这根铁棒磨成细小的针。"

"什么？"李白有些意想不到，他又问道，"这么粗大的铁棒能磨成针吗？"

语言描写

通过此处描写我们可以看出老婆婆是一位认真且有恒心的人，因此她才会说出这样的话来勉励李白。

这时候，老婆婆才抬起头来，慈祥地望望李白，说："是的，铁棒子又粗又大，要把它磨成针是很困难。可是我每天不停地磨呀磨，总有一天，我会把它磨成针的。孩子，只要功夫下得深，铁棒也能磨成针呀！"

李白是个悟性很高的孩子，他听了老婆婆的话，一下子明白了，心想：对呀！做事情只要有恒心，每天坚持，没有什么事儿是做不成的。读书也是这样，虽然现在有不懂的地方，但只要坚持天天读，总会读懂的。想到这里，李白深感惭愧，脸都红了。于是他拔腿便往家跑，重新回到书房，翻开原来读不懂的书，继续读了起来。

精简点评

百无聊赖的李白遇到了专心致志的老婆婆。他通过观察老婆婆磨铁棒，并听她的教导，醍醐灌顶，恍然大悟。原来，做什么事情不光需要有天赋，还需要有一颗专注认真的心。只有这样，我们未来无论面临什么样的困难，都会打败它。我们在日常学习中，一定要努力、刻苦、认真地去对待每一个知识点，做人亦是如此。

佳词美句

深奥　枯燥无味　矮凳　悟性　惭愧

那些书都十分深奥，他一时读不懂，便觉得枯燥无味，就丢下书，跑出去玩。

他一边闲游闲逛，一边东瞧西看。他看见一位老婆婆坐在磨刀石旁的矮凳上，手里拿着一根粗大的铁棒子，在磨刀石上一下一下地磨着，神情专注，以至于李白在她跟前蹲下都没有察觉。

对呀！做事情只要有恒心，每天坚持，没有什么事儿是做不成的。读书也是这样，虽然现在有不懂的地方，但只要坚持天天读，总会读懂的。

阅读思考

1. 幼年时李白读什么样的书？
2. 李白听完老婆婆讲的话为什么会感到羞愧？
3. 老婆婆都对李白说了些什么？

端午赛龙舟

名师解读

屈原因为别人的挑拨而被楚怀王疏远。可见他内心是多么无奈与悲愤。所以，他化悲愤为力量，把自己的不满全都写进了《离骚》。

每年农历五月初五，是我国的传统节日——端午节。每到这一天，人们都会包粽子、赛龙舟、喝雄黄酒。传说，端午节是为了纪念我国伟大的诗人屈原。

相传在战国时期，秦国与楚国争霸，彼此交战异常激烈。屈原是楚国人，他主张与齐国一起抵抗秦国，因此也备受楚怀王的重用。然而，在朝野中，有一些权臣嫉妒屈原，所以暗地里挑拨，致使楚怀王慢慢疏远了屈原。悲愤的屈原因此写下了《离骚》等一系列不朽的诗篇。

名师解读

楚怀王不听屈原的劝告，最后死在秦国，可见楚怀王是多么顽固不化，侧面也反映了屈原在政治上的敏锐度。作者借楚怀王之事告诫人们，对于别人的谏言要三思而后行，切忌鲁莽行事。

后来，秦国一举拿下了八座城池。楚国想派使臣前去议和，秦王知道后点名要楚怀王亲自前往。而屈原看出了其中诡计，所以立即进谏。楚怀王非但不听屈原的警告，还将他逐出了都城。结果，楚怀王刚进秦国的都城就被囚禁了起来，三年以后，死在了秦国。

楚襄王即位后，骄奢放纵，终日不理朝政。屈原急忙进谏劝说楚襄王，楚襄王便将屈原流放到了偏远的汨罗江。屈原在被流放的途中，听说秦国占领了楚国都城，此时六十二岁的屈原，悲愤至极，最后跳入了汨罗江。

楚国的百姓们听闻屈原投江殉国，纷纷前来寻找屈原的尸体，但怎么也找不到。于是，人们开始包粽子，然后喂鱼，目的就是不要让江里的鱼吃掉屈原。为了保全他的尸体，人们将雄黄酒倒入江里，打算迷昏蛟龙水兽；人们还将船只打扮成龙的模样，行驶在江上，为的就是驱赶水怪。

屈原殉难之日，正值农历五月初五。所以，此后人们就将这一天定为端午节，并通过吃粽子、喝雄黄酒、赛龙舟等活动来纪念爱国诗人屈原。

精简点评

伟大的爱国诗人屈原投江殉国，这一壮举也成了端午节的起源。忧国忧民的屈原为楚国的江山社稷献计献策，结果却没有得到相应的回报。然而他并没有从此一蹶不振，而是不断地去抗争。这坚毅的精神、不屈的灵魂多么令人敬仰。又有多少人能像屈原一样，始终热爱自己的国家，将自己的一生都奉献给国家，奉献给人民呢？所以，我们应该始终将祖国系在心中，并努力成为一个灵魂高洁之人。

佳词美句

争霸　不朽　激烈　挑拨　悲愤　骄奢放纵

然而，在朝野中，有一些权臣嫉妒屈原，所以暗地里挑拨，致使楚怀王慢慢疏远了屈原。

为了保全他的尸体，人们将雄黄酒倒入江里，打算迷昏蛟龙水兽；人们还将船只打扮成龙的模样，行驶在江上，为的就是驱赶水怪。

所以，此后人们就将这一天定为端午节，并通过吃粽子、喝雄黄酒、赛龙舟等活动来纪念爱国诗人屈原。

阅读思考

1. 端午节的哪些民俗和屈原有关？
2. 屈原因为什么而投江？
3. 从屈原身上我们学到了哪些优秀的品质？

包公审石头

叙述

概述故事主人公的情况，让读者对文章有大概的了解。

北宋时期，有一个生活困苦的小男孩，因为他的父亲在他很小的时候便去世了，只留下他和母亲相依为命。由于长期的劳作，母亲身体也变得虚弱起来，还会经常生病。就这样，生活的重担全都压在了他一个人的身上，于是他做起了小生意，以此来维持生计。男孩每天一早就要提着一篮子油饼上街叫卖："大家快来看啊！新出锅的油饼！又香又脆嘞！快来买油饼啊！两个铜钱一个饼啦！"

行为、神态描写

可见小男孩赚钱之后的开心。为文章后续的转折做铺垫。

有一天，他卖完油饼后赚了整整一百个铜钱，他高兴地将铜钱数来数去，将上面弄得满是油污。看着这些在阳光下闪闪发亮的铜钱，他可开心坏了！这下终于有给母亲买药治病的钱了！

不久，辛苦了一天的小男孩犯起困来，便靠在一块大石头上睡着了。一直等太阳爬到老高，他才醒过来。想起了还没有给母亲买药，他惊慌起来："完了，怎么睡到这个时候，我得赶紧去药店给妈妈买药啊！"可是，他睡觉前放在篮子里的铜钱全都不见了！小男孩急得手足无措、满身大汗，又是懊恼又是伤心，不禁大哭起来。正在这时，外出查看民情的包公带着人马路过这里。包公便是当地有名的大清官包拯。包拯天生有一张大黑脸，还蓄着一大把黑胡子，于是百姓们都亲切地称他为"包老黑"，也有叫他"黑包公"的。包公向来处事公道严明，断案的时候更是明察秋毫，像神明一般，因此老百姓们十分敬仰他。

名师解读

包公之所以能名垂青史，就是因为他清廉正直，铁面无私。他为了维护百姓的利益，敢做敢当。这也是百姓敬仰他的原因。

包公看到了伤心欲绝的小男孩，便上前询问他哭泣的原因。

小男孩便将自己丢钱的经过全都告诉了包公，包公想了一会儿说：“那我知道了，这一切都是石头干的好事，既然是它偷了你的钱，那我就把它找来亲自审问，让它将钱如数归还。”

说完，包公就命人把他要审问石头的事情散播出去，没多久，衙门外聚集了许多前来看热闹的人。

包公升了堂，然后命人将石头五花大绑，周围人看了都觉得可笑。然后包公严肃地问：“石头，小男孩的钱是不是你偷的？”

石头一动不动，一声不响。

包公接着说：“你再不招供，看我不打烂你的头！”

说完，手下的人就拿起棍棒对着石头一顿打，嘴里说着：“快招！快招！”

周围的人看到这一幕都笑了起来，然后开始窃窃私语。“石头怎能说话？”“石头会说话吗？”“都说包公聪明，如今看来名不副实啊！”……

包公听完其他人的议论，随即说道：“本官正在审理案情，你们胆敢随便议论，现在命你们每个人交出一个铜钱来！”

紧接着，手下拿出来一个盆，里面倒满了水，然后周围议论的人纷纷开始向盆子里扔铜钱，“扑通，扑通……”突然，有一个人向盆里扔进铜钱之后，包公立即命人抓住了他。包公对他说：“就是你，你这个小偷，就是你偷了小男孩的铜钱！”紧接着，包公转向看热闹的群众解释道：“你们看，这人投进去铜钱后水面上浮起来一层油花，由此可见，小男孩的铜钱就是他偷的！”

小偷发现自己暴露了，立即准备逃跑。可在衙门之中，岂有逃走的可能？衙役们一出手，小偷就被擒倒在

阅读笔记

语言描写

通过众人的窃窃私语看出他们都认为包公是一个愚蠢的人。这也为下文的转折做铺垫。

语言描写

这里解释说明了包公之前做那些让人匪夷所思的事情的原因。如今看来，顺理成章。

地，全部招供了。

事后，大家都称赞包公能审石头，断案如神。

精简点评

包公审石头的案子虽小，却很难找出小偷。因为篮子里的钱被偷了，小偷早就逃之夭夭。于是，包公就用审问石头这样令人啼笑皆非的方式“引蛇出洞”。包公用石头作为诱饵，利用群众的猎奇心理找出小偷。不得不说包公办案的手段极为高明。所以，我们在日常生活中，解决问题时要学会多动脑筋，这样才能更好地找到问题的突破点，让问题迎刃而解。

佳词美句

手足无措　明察秋毫　五花大绑　窃窃私语　名不副实

就这样，生活的重担全都压在了他一个人的身上，于是他做起了小生意，以此来维持生计。

包公向来处事公道严明，断案的时候更是明察秋毫，像神明一般，因此老百姓们十分敬仰他。

紧接着，手下拿出来一个盆，里面倒满了水，然后周围议论的人纷纷开始向盆子里扔铜钱，“扑通，扑通……”

阅读思考

1. 小男孩为什么会号啕大哭？
2. 包公为什么要将审石头的消息散播出去？
3. 包公是通过什么方法找到小偷的？

八仙过海

很久之前，有八位神仙，他们分别是铁拐李、汉钟离、张果老、蓝采和、吕洞宾、韩湘子、何仙姑和曹国舅。这八位神仙成日形影不离，彼此做伴。他们随身携带着各自的法器。

> **叙述**
> 人物介绍，通过介绍八位神仙以及他们各自的法器，让读者更加直观地感受到几位神仙的不同之处，同时为文章后续做铺垫。

有一天，这八位神仙准备一同前去参加各路神仙的聚会。当他们路过东海时，吕洞宾提议让每人都施展各自的本领，踏浪过海，各显神通。大家听完，都深表赞同。

说完，铁拐李第一个走了出来，他的宝贝是根铁拐，据说这是由一根竹子喷上仙水变成的。铁拐李把铁拐扔到海里变成一艘小船，优哉游哉地向对岸驶去。

接着，逍遥闲散的汉钟离，把手中的芭蕉扇甩开扔到大海里，那扇子大如蒲席，他盘腿坐上，稳稳地渡过了东海。

张果老则掏出一张纸，将其折成了一头驴。这头驴四脚落地后，仰天长叫，驮着张果老踏浪而行，不一会儿就渡过了东海。

韩湘子的宝贝是一只花篮，站在上面四平八稳，比大船还要舒服。

随后，吕洞宾、曹国舅、何仙姑纷纷拿出自己的法器，各显神通，顺利渡过了东海。

> **名师解读**
> 八仙过海是中国民间流传最为广泛的神话故事。这八位神仙没有通过搭载船的方式过海，而是各显神通，最终过海。后来，人们用这个典故来形容那些凭自己本领创造奇迹的人或事。

然而，此时到达对岸的吕洞宾迟迟不见蓝采和的出现，最后才发现，蓝采和被龙王抓了去。吕洞宾见此大怒，对着大海怒吼道：“龙王你听好了，赶紧放了蓝采和，不然我就让你见识见识我的厉害！”话音刚落，一条花龙从海里一跃而起，然后停在半空中对着吕洞宾，挑衅地说道：“不放又如何？我倒要看看你有什么本事！”这条花龙是龙王的太子。

吕洞宾听完，气不打一处来，连同其他神仙一起杀死了龙王的太子。

东海龙王得知自己的儿子被八仙所杀，于是请来了南海、北海、西海龙王，他们一齐合力，翻江倒海，掀起狂风巨浪，杀向了众神仙。在这危急时刻，曹国舅的玉板起到了作用，它挡住了巨浪，并在巨浪中开启了一条路，使众神仙得以平安无事。

场面描写

文中生动形象地刻画出龙王们与神仙们之间交战的激烈场景，引发读者的想象。

四海龙王见此，立即调来了四海内的虾兵蟹将，打算与他们决一死战。此时，路过的南海观音看到此情此景，赶紧叫停了双方，并出面调和。

最后，双方接受了观音的调停，龙王也释放了蓝采和，八位神仙随即赴会去了。

精简点评

所谓“八仙过海，各显神通”。虽说几位神仙的本事各有不同，但是遇到龙王后，他们的法力都相继派上用场。他们善于利用自己的优势，让自己在这场激烈的斗争中取得胜利。由此可见，我们在解决问题的过程中，要善于利用、发挥自己的优势。与此同时，尽管每个人身上都有不同的闪光点，在团队合作中应该扬长避短，有效地结合各自的优势，将大伙拧成一股绳。这样，团队合作才能达到最佳效果。

佳词美句

形影不离　踏浪过海　各显神通　随波漂流　虾兵蟹将　决一死战

很久之前，有八位神仙，他们分别是铁拐李、汉钟离、张果老、蓝采和、吕洞宾、韩湘子、何仙姑和曹国舅。

当他们路过东海时，吕洞宾提议让每人都施展各自的本领，踏浪过海，各显神通。

在这危急时刻，曹国舅的玉板起到了作用，它挡住了巨浪，并在巨浪中开启了一条路，使众神仙得以平安无事。

阅读思考

1. 八仙过海中的八仙分别是谁？
2. 八位神仙各有什么本领？
3. 通过这个故事，我们能从中学习到什么道理？

沧州铁狮子

河北有一个家喻户晓的民谣——“河北三宝”：沧州的狮子，定县的塔，正定府的大菩萨。

“沧州的狮子”是“河北三宝”之首，由此可见它是多么有名。

环境描写

这一段环境描写让读者真切地感受到鱼米之乡沧州的美丽和舒适，让人向往。

话说很久以前，鱼米之乡沧州，以其优美的风景和肥沃的土地而出名。这里一面临海，放眼望去，一望无际，海天一色。这里的气温适宜，百姓们勤勤恳恳，各家各户安居乐业。无论飞禽还是走兽，来到这里都不愿离开了。

一年秋天，田地里的谷物刚刚黄到梢头，此时海面上一阵黑风袭来，伴随着海浪，瞬间向沧州城扑来。人们眼睁睁地看着天灾降临，却无能为力。一时间，房屋倒塌，庄稼被淹，百姓们躲避不及，一大群人因此丧生。

话说这黑风由何而来？原来是大海里一条恶龙在作怪，因为看到沧州地理位置优越，所以想霸占此地作为自己的龙宫。

就当恶龙肆虐的时候，一头红黄色的雄狮来到了沧州，发出震耳欲聋的怒吼声，然后一跃而起，奔向了大海，直奔恶龙而去。

环境、动作描写

环境及动作描写，生动地为读者营造出雄狮和恶龙激烈打斗的场景，突显出恶龙的卑劣凶残。

恶战开始，海面上顿时水柱冲天，雄狮与恶龙相互厮杀着，它们张牙舞爪，纠缠在一起。就这样，它们从白天斗到黑夜，恶龙因为体力不支，只得掉头逃窜。恶龙在逃窜途中心有不甘，想着既然不让它占领此地，那就把这里毁坏。于是，恶龙大嘴一张，吐出很多又苦又咸的白色泡沫，将沧州城淹没了。本想就此放过恶龙的雄狮看到此情此景，立马转了念想，一直追逐着恶龙到了东海深处，并杀死了对方。至此，沧州城才恢复如常。

海水褪去了，沧州的百姓们保住了财产，避开了这一场灾难。百姓们为了感谢雄狮的帮助，决定一同筹钱为雄狮建造一座雕像。当地一个老师傅李云带领着他的八十一个徒弟，用了九九八十一吨的铁，花了九九八十一天终于铸成了一尊栩栩如生的雄狮像。人们把这尊雕像安放在沧州城内，作为永久的纪念，称其为“镇海吼”，并年年祭拜。

排比 百姓们为雄狮建造雕像，表现出百姓们的感恩之心，表达出百姓们对雄狮的赞颂。

精简点评

恶龙的到来让原本宁静祥和的沧州笼罩在水深火热之中，百姓们苦不堪言，浮尸遍野。直到雄狮的出现，恶龙被杀死，百姓们才重新回到了以前安宁的生活。百姓们为了答谢雄狮，不辞劳苦，为其铸造了雕像，以此感谢雄狮对他们的拯救。故事中的雄狮，威风凛凛，充满正义。百姓们也心怀感恩，时刻不忘雄狮的出手相助。

佳词美句

鱼米之乡　一望无际　海天一色　安居乐业　张牙舞爪　震耳欲聋

话说很久以前，鱼米之乡沧州，以其优美的风景和肥沃的土地而出名。

恶战开始，海面上顿时水柱冲天，雄狮与恶龙相互厮杀着，它们张牙舞爪，纠缠在一起。

阅读思考

1. 沧州是一个什么样的地方？
2. 恶龙为什么会来到沧州？
3. 沧州百姓为了感谢雄狮，都做了什么？

猴 鼓 舞

名师解读

这是一个不幸的家庭，父亲的离世，让这个家庭失去顶梁柱，只剩母子四人相依为命。三兄弟肩负起养家糊口的重任。

传说，在一个青山绿水、风景优美的地方有一个村庄。这个村子里有一户人家，丈夫早年逝世，妻子含辛茹苦地养活了三个儿子。为了维持生计，三兄弟早早开始劳作，并且一同上山去采集青梅，用来酿酒。

有一天，三兄弟在山里采青梅的时候，小兄弟不慎走丢了。暮色降临，两兄弟准备回家时，才发现弟弟不见了，于是赶紧慌张地跑回家将此事告诉母亲和周围的邻居。村庄里的人连夜带着火把在山间到处寻找，但是一连找了三天三夜都没有找到。母亲因为找不到小儿子，没日没夜地痛哭，最后把眼睛哭瞎了。

名师解读

母亲找不到小儿子的踪迹后，没日没夜地痛哭，直到把眼睛哭瞎，足以看出她对小儿子的挂念。让读者看到了一位爱子至深的母亲形象。

小兄弟因为与两位哥哥走失，内心又怕又急，就在密林里到处寻找。他不知不觉地走进了密林深处，来到一个山洞前。山洞里住着一群猴子，于是小兄弟就和这群猴子玩在了一起，并在此定居。渴了就喝山间的泉水，饿了就吃树梢上的野果，慢慢地，小兄弟身上居然长出了毛，并且学会了猴子们的语言，从而逐渐忘记了人类的语言。

小男孩的母亲因为一直没能从丢失儿子的阴影中走出来，十年之后，郁郁而终。出殡当天，按照毛南族的习俗，法师要敲打铜鼓，以此来祭奠死者。铜鼓发出的悲鸣声响彻天空，一时间传进了密林的深处。此时，正在与猴子们玩耍的小男孩因为听到了熟悉的铜鼓声，便寻着鼓声一直找到了回家的路。当他回到家后，知道鼓声是从自家发出来的，并认出了正在棺材前痛哭的两位哥哥，小男孩这才意识到自己的母亲去世了。

然而此时的小男孩全然没有了以前的样貌，没有一个人认识他，并且他也不会说话，只会像猴子一样“哦、哦”嚎叫。悲伤无助的小男孩手足无措，于是他痛定思痛，找到一段空树筒，围在自己的腰间，并用兽皮蒙在上面。为了表达对母亲的思念之情以及丧母之痛，小男孩随即举起这个兽皮鼓不停地叫着、跳着。刚开始，周围的人都以为是山上的猴子在胡闹，并没有在意。但两位哥哥看见这个小男孩一边跳一边不停地流眼泪，迟迟不肯离开。再仔细一看，原来这是自己失散多年的亲弟弟，于是三兄弟抱在一起，跪在母亲的棺材前泣不成声。

行为、神态描写

小男孩通过铜鼓声找到回家的路，可是等待他的是已经去世的母亲，这其中包含了多少无助与痛苦。

此后，毛南族的人在纪念死去的亲人时，都用兽皮做成手鼓，边跳边拍，以此来表达对亲人的思念之情。后来，这种习俗变成了一种祭祀仪式——“猴鼓舞”。再后来，因为“猴鼓舞”的节奏轻快、爽朗，进而发展成了本民族的传统舞蹈。

精简点评

小儿子的走失让原本凄苦的家庭又蒙上了一层阴影，母亲看着自己含辛茹苦养大的儿子走失，她过度悲伤以至于哭瞎了双眼，但依然没能唤回自己的儿子，最后在这一场无终止的寻找中，母亲郁郁而终。与此同时，小儿子走进了一群猴子的生活中。渐渐地，他失去了人类的语言，身上也长出了毛。他和猴子并无两样。母亲的离世，召回了返祖的小儿子，他重新回到了人类社会，但令人惋惜的是，母亲再也无法醒来。亲情是这世间最为厚重且浓烈的情感，我们应该珍惜亲情，珍惜亲人健在的时刻。

佳词美句

青山绿水　含辛茹苦　郁郁而终　泣不成声　痛定思痛

传说，在一个青山绿水，风景优美的地方有一个村庄。

小男孩的母亲因为一直没能从丢失儿子的阴影中走出来，十年之后，郁郁而终。

此后，毛南族的人在纪念死去的亲人时，都用兽皮做成手鼓，边跳边拍，以此来表达对亲人的思念之情。

阅读思考

1. 文章中的兄弟三人靠什么维持生计？
2. 三兄弟的母亲为什么会死？
3. 小儿子来到母亲的棺材前都做了什么？

木 兰 从 军

很久以前，有一个叫花木兰的女子，她不仅长得闭月羞花、沉鱼落雁，而且武艺高超。花木兰尤其擅长射箭，能够百步穿杨，见过花木兰箭法的人无不拍手叫好。每一次花木兰和同村的人外出打猎，她都是捕获猎物最多的那一个，因此花木兰的父亲对她疼爱有加。

> **人物描写**
> 由此可知，花木兰在从军前就已经很优秀了，她优秀的射箭技能也为她日后替父从军埋下伏笔。

有一天，花木兰正在家织布，听见门外有人大声吆喝。出门一看，原来是官府派人前来发布公告，公告上说：战事吃紧，需要征兵，每家每户必须出一名男丁前往战场效命。

得知这个消息以后，木兰一家陷入了深深的愁苦之中。因为花木兰家中只有父亲一个成年男子和一个还在襁褓之中的弟弟，并且父亲已经年迈，又哪来的体力去打仗呢？想到这里，木兰恨不得自己替父从军，怪只怪自己是一介女流。木兰为此一夜没睡，正当她困意袭来，准备闭眼睡觉时，突然灵光一现：对啊，我可以女扮男装，替父从军啊！

> **心理描写**
> 突显出花木兰的乖巧懂事。为了替父亲分忧，即便是犯了欺君的死罪她都敢去做，可见她是多么孝敬自己的父母。

想到这里，木兰立即起身悄悄溜出了家门。她来到街上，买了一匹马，并配上了马鞍，然后，将头发像男人一样束起来，并裹紧了胸部，穿上男装。

装束好，上马后的花木兰活脱脱一个英俊潇洒的少年郎。等她回到家后，所有人都没有认出她，所以花木兰趁机说出了自己想替父从军的想法。父母听完大惊失色，怎么也不同意木兰的想法。但是花木兰已经打定了主意，父亲知道花木兰的脾性，一旦决定的事情，怎么拉都拉不

回来，最后只能无奈答应。

于是，花木兰告别家人，随着军队一起来到边境。花木兰因为担心自己的身份暴露，所以处处小心。她从不与其他士兵一起洗澡，晚上睡觉时，也总是穿着衣服。花木兰小心翼翼地隐藏着自己的身份，因此没有一个人知道她的女儿身。战场上，花木兰有一身武艺，英勇无敌，战无不胜，立下了赫赫战功。经过十二年的浴血奋战，花木兰从一名小小的士兵荣升为一名大将军。

叙述

通过叙述充分体现出花木兰从军期间，不仅仅是为了父亲，也希望报效祖国，为国家奉献自己的力量，可见她是一个“真汉子”！

皇帝为此召见了花木兰，打算封赏她钱财并封其为兵部尚书。但是花木兰心不在此，她既不想发财也不想当官，只想要一匹好马，赶紧回去与家人团聚。皇帝见花木兰心意已决，便没有过多挽留，只好让她回了家。

此时花木兰的父母已经年过花甲，白发苍苍。他们听说花木兰荣归故里，分外高兴，相互搀扶着到城外迎接女儿。花木兰的弟弟、妹妹则在家杀牛宰羊，庆祝姐姐的平安归来。

回到家的花木兰脱下战袍，整理梳妆，重新换回了女装。而此时的花木兰已经出落得更加沉稳漂亮，父母看见后惊叹不已，赞叹女儿美丽的同时更加敬佩她的胆识与孝心。

精简点评

因为战事吃紧，国家不得不从各家各户抽取男丁奔赴战场。但是花木兰的家中，只有年迈的父亲，他又怎能受得了战争的摧残？于是，颇有胆识和孝心的花木兰最终通过女扮男装的方式替父从军。战场上的花木兰浴血奋战，最终从一个小小的士兵成长为大将军。替父从军是孝，保家卫国是忠，女扮男装是奇，浴血奋战是勇，这样一个忠孝两全、智勇双全的奇女子怎么能不令人佩服！

佳词美句

百步穿杨　闭月羞花　沉鱼落雁　赫赫战功　战无不胜　浴血奋战

每一次花木兰和同村的人外出打猎，她都是捕获猎物最多的那一个，因此花木兰的父亲对她疼爱有加。

而此时的花木兰已经出落得更加沉稳漂亮，父母看见后惊叹不已，赞叹女儿美丽的同时更加敬佩她的胆识与孝心。

阅读思考

1. 年少时的花木兰最擅长做什么？
2. 花木兰为什么会替父从军？
3. 我们能从花木兰的身上学到哪些优秀的品质？

日 月 潭

名师解读

太阳为百姓送去光明和温暖，月亮让百姓平安度过黑夜。这两条恶龙能够吞掉太阳和月亮的行为，突显出这两条恶龙是何等的巨大和可怕。

日月潭位于我国宝岛台湾，这是一个风景秀丽的湖泊。岸的两边屹立着两座大山——大尖山和水社山。

传说很久以前，湖泊里住着两条恶龙，一公一母。一天中午，太阳高高挂起，公龙一跃而起，将太阳吞进肚里。晚上，月亮刚刚升起，母龙也一跃而起，将月亮吞了下去。两条龙在湖泊里来回玩耍，玩得不亦乐乎，它们将吞进去的月亮与太阳又吐出来，上演了一场“双龙戏珠”。大地因为没有了太阳与月亮的照射，一片漆黑，树木也因此枯萎了，枝头的小鸟也不再鸣叫，整个世界只剩下一片死寂。人们怨声载道、唉声叹气。

一个村庄上有一对夫妻——大尖哥和水社姐，他们就住在湖泊的边上。两人发誓要从恶龙口中夺回太阳和月亮。于是，两人偷偷来到恶龙所住的岩洞外探听情况。他们屏住呼吸，听见两条龙正在说话。

比喻

两条骄傲自大的恶龙本以为它们无坚不摧，但万物都有弱点。金斧头和金剪刀正是它们的克星。它们骄傲自满，以为没人会知道这个秘密，堂而皇之地将自己的弱点这么说了出来。殊不知隔墙有耳。

公龙说：“咱们法力无边，除了埋在阿里山脚下的金斧头和金剪刀，谁也没有办法制服我们。”

母龙紧接着回答：“对啊，没人会发现这个秘密的。”

大尖哥与水社姐听完大喜，他们居然找到了制服恶龙的方法。于是，两人跋山涉水，风尘仆仆地来到阿里山脚下。两人不分昼夜，不知疲倦地挖着，不知过了多久，突然从石头缝中透出一道金光。他们紧接着又挖了几下，金斧头和金剪刀果然出现在他们面前。两人高兴地拿着宝物回到了湖泊边。此时，两条恶龙正在湖里玩耍，大尖哥纵身跳入湖中，并立即拿起金斧头向公龙的头部砍去，一下将公龙的头砍了下来。紧接着，水社姐看准时机，举起金剪刀，“咔嚓”一下，剪去了母龙的头。恶龙死了，太阳和月亮也随之沉入了湖底。大尖哥立即取下公龙的双眼吞了进去，水社姐则吞下了母龙的双眼，两人顿时变成了巨人，站在湖泊的两边。

> **动作、语言描写**
> 大尖哥与水社姐听到两条恶龙的秘密，因此找到了制服恶龙的方法。于是，两人找到了金斧头和金剪刀，将两条恶龙杀死了。

大尖哥与水社姐捞起水中的太阳与月亮，将它们重新放回了天上。一瞬间，万物因为有了光亮而生机勃勃。当人们想要跑到湖边去感谢两人时，大尖哥与水社姐已经变成了两座高山，而这里的湖泊也分成了两半，一半像太阳，一半像月亮。于是，人们就形象地称这个湖泊为“日月潭”。

精简点评

两条恶龙吞掉了太阳和月亮，让整个世界没有了光亮，陷入一片死寂。大尖哥和水社姐为拯救苍生，挺身而出，勇斗恶龙。最后他们终于杀死了恶龙，太阳和月亮也重新回到人间，世间万物再次恢复了昔日的生机。

佳词美句

风景秀丽　怨声载道　双龙戏珠　法力无边　不亦乐乎

大地因为没有了太阳与月亮的照射，一片漆黑，树木也因此枯萎了，枝头的小鸟也不再鸣叫，整个世界只剩下一片死寂。人们怨声载道、唉声叹气。

阅读思考

1. 很久以前大地为什么忽然之间没有了光亮？
2. 用什么方法能杀死恶龙？
3. 大尖哥和水社姐最后变成了什么？

升平公主

叙述

通过这里的描写可以看出郭子仪夫妇善解人意，因为距离太远，他们便减少儿媳前去拜访的次数。

唐朝末年，代宗皇帝将自己最宠爱的女儿升平公主许配给了大将军郭子仪的儿子郭暧。

按照祖宗的规矩，媳妇应该每日清晨前往婆家请安，但因为夫妻二人所住的驸马府距离郭府有很大一段距离，每天请安不方便，所以郭子仪允许升平公主每月初一和十五前去问候即可。

然而郭暧并不知道，升平公主贵为公主，从小娇生惯养，自然不情愿前去请安。每次前去，升平公主都是在郭暧的催促下才慢慢上轿启程。郭暧念其公主的身份，就把心中的怨气压了下去。

心理描写

从郭暧的所思所想中，流露出对妻子升平公主的不满，由此推动故事情节的发展。

这一年二月二十五，是郭子仪的七十大寿。郭暧为此特意起了个大早，并催促升平公主赶紧起床。升平公主正头痛，迟迟不愿起身。郭暧心想：平日里骄纵你也就罢了，如今父亲七十大寿，这么重要的日子，你还是如此，简直岂有此理！于是郭暧大声地斥责公主："我问你，天下之大，谁为尊？"

公主回答说："出嫁之前，父母为尊；出嫁之后，公婆为尊。"

语言描写

通过公主所说的话，让读者更全面地感受到公主骄纵蛮横的性格，也为两人的不和埋下了伏笔。

郭暧听完，用恼怒的语气说道："你既然知道如此，如今父亲七十大寿，文武百官、众兄嫂纷纷前去贺寿，你怎有不去的道理？"

公主听完，舒了一口气说道："原来是因为这个啊，我以为怎么了呢。一桩小事，何必如此着急上火。你要知道，自古以来都是臣子叩拜君王，我身为金枝玉叶，怎

语言描写

通过郭暧的连连追问，体现出他内心压抑了太多真实的想法。而这些被压抑的心里话都是因为公主平时不懂规矩所激发出来的。

能随随便便向大臣叩头呢？更何况今天文武百官都去了，我更不能如此了啊！”

郭暧听完公主的话，瞬间大怒，呵斥道：“如今你嫁给了我，就是郭家的媳妇，就应该给父亲拜寿！”

公主看到郭暧如此生气，她也燃起了怒火，说道：“你们郭家如今的地位还不都是我父王赏赐的？”

郭暧冷笑道：“你不要因为自己的父亲是皇帝就仗势欺人！话既然说到这里了，那我问你，当年安禄山起兵侵犯京城，是谁披荆斩棘，一路逼退进犯者？是谁扶起了本来危如累卵的江山？没有我的父亲，你父亲何以稳固今日的江山？他坐得稳吗？”

公主听完，气得脸色煞白，并说：“你就不怕我父皇杀了你？”

语言、动作描写

此处描写体现了郭暧的言行失当，升平公主固然有过于骄纵的一面，但人与人之间的相处应该通过善意的沟通，发怒不能解决问题，打人更是不正确的行为。

郭暧继续大声呵斥道：“你父皇怎样？你如今是我的媳妇，必须听我的！”说着，郭暧顺势一巴掌扇在了公主的脸上。公主一脸错愕，转瞬大哭起来，跑回了皇宫，并状告驸马，让父皇惩治郭暧。

代宗皇帝弄清事情的原委之后，决定化解这一场纠纷，于是对公主说：“郭暧有理，你没理。你现在是郭家的媳妇，孝顺公婆是理所应当的，怎能如此蛮横无理？”正说着，郭子仪绑着自己的儿子郭暧来到殿前请罪，皇上赶紧让郭子仪给郭暧松绑。一旁的皇后也开始劝婿责女，从中调解。夫妻二人，至此和好如初。

精简点评

骄横的升平公主嫁给将军郭子仪的儿子郭暧，在郭子仪七十大寿的时候，公主因为没有前去给父亲拜寿，让郭暧压抑的情绪终于爆发了。他狠狠痛骂了公主一顿，还扇了她一巴掌。公主向父皇状告郭暧，最终在双方父母的调解下，化解了这场冲突。唐代是我国封建王朝相当繁盛和开放的朝代，在这种环境中，唐代上层女性获得了一定程度的自由，升平公主的所作所为就是其表现之一。现代社会中，女性对于平等、自由、独立的追求仍在持续。

佳词美句

举案齐眉　恩爱有加　文武百官　披荆斩棘　理所应当

唐朝末年，代宗皇帝将自己最宠爱的女儿升平公主许配给了大将军郭子仪的儿子郭暧。

每次前去，升平公主都是在郭暧的催促下才慢慢上轿启程。郭暧念其公主的身份，就把心中的怨气压了下去。

郭子仪绑着自己的儿子郭暧来到殿前请罪，皇上赶紧让郭子仪给郭暧松绑。

阅读思考

1. 文章中，皇帝将升平公主许配给了谁？
2. 通过这个故事，你觉得升平公主是一个什么样的人？
3. 读完故事，你从中受到什么启发？

读后感

（一）

《中国民间故事》收录了许多民间传说，其中包含对传统节日由来的介绍以及对景点名称、历史人物、传统习俗等内容的介绍。这本书的内容极其丰富，彰显出中国千百年来的文化底蕴。

其中给我印象最为深刻的要数《木兰从军》的故事了。花木兰不仅长得漂亮而且武艺高超。花木兰从小就在同龄人中脱颖而出，父亲对她也疼爱有加。

由于当时战事吃紧，国家不得不挨家挨户征召男丁奔赴战场。孝顺的花木兰看到年迈的父亲，还有襁褓中的弟弟，她夜不能寐。最终，花木兰灵机一动，她乔装成男人的样子替父从军。上了战场的花木兰浴血奋战，她拥有高超的武艺以及无所畏惧的精神，最终从一个初出茅庐的小士兵荣升为大将军。皇帝也十分佩服花木兰，打算奖赏她并提升她的职位。不过，花木兰心不在此，她一心只想与家人团聚。在她的眼中，金钱和名望都没有家人的陪伴重要。

花木兰在父母面前，做到了该有的孝顺；在保卫国家面前，不顾自身安危，浴血奋战。她代表着无数独立女性自我意识的觉醒。如此一来，在花木兰的影响下，女性的地位也得到很大的提升。这样一个有胆识的姑娘不得不让人钦佩。

当然，在《中国民间故事》一书中像花木兰这样英勇且有胆识的人物还有很多，有《活佛济公》里乐善好施的济公，《华佗求学》中虚心谦逊的华佗，还有《聪明的阿凡提》中正直善良的阿凡提，以及《鲁班学艺》中努力上进的鲁班等。

（二）

《中国民间故事》一书中有许多有趣的知识，它让我对祖国的传统文化和节日有了更深刻的认识和了解。书中不仅讲述了许多传统节日的由来，其背后的故事更是让我对这些传统节日有了更加全面的认识。

比如，《春节的来历》这一故事中，讲述了一只叫作“年”的怪兽。每年除夕夜它都会到村子里扰乱人们的生活，闹得人心惶惶。后来，一位老人用红色的纸和噼里啪啦的爆竹声吓退了“年”。从此以后，人们就开始用张贴红色对联和燃烧爆竹的方式吓退“年”，并以此祈祷新的一年里，家人平安健康，事事顺心。

《端午赛龙舟》讲述了我国爱国诗人屈原的故事。他因为自己的才华被楚怀王重用，随后又因为其他大臣的挑拨离间失宠。自此以后，屈原在楚国君主心中的地位直线下降。楚怀王因为不听屈原的劝诫而死在秦国，楚襄王也因为不听屈原的劝诫而亡国。屈原始终抱着一个为国为民的态度处世，结果被昏君长期流放。悲愤委屈的屈原最后以死殉国，表达了他无奈绝望的心情。人们为了纪念屈原大无畏的精神，便在每年端午节的时候包粽子、喝雄黄酒、赛龙舟。

当然，像这样关于传统节日的故事还有很多，比如，《寒食节的传说》中的寒食节是为了纪念忠义的介子推等。除此之外，还有对食物来源的介绍，像《油条的来历》《茶祖宗》；还有对人物的介绍，如《八仙过海》《华佗的故事》《孟姜女的传说》等。

这一本内容丰富的读物让我不得不为祖国千百年沉淀下来的优秀文化而感叹。读民间故事的同时，也让我懂得了许多为人处世的道理。

考点透视一

一、填空题

1. 仓颉因为＿＿＿＿＿＿麻烦且容易出错，所以创造出了最原始的文字。

2. 孙叔敖打算去村庄旁边的山上采＿＿＿＿＿＿，来给村民们解暑。

3. 孟姜女聪慧善良，对父母也是恭敬孝顺，父母将她视为“＿＿＿＿＿＿”。

4. 海神有一根“＿＿＿＿＿＿”，只要轻轻一甩，附近所有的石头就会自动立起来向东海边跑去，垒成一片石塘。

5.＿＿＿＿＿＿和苏武的副手张胜是朋友，他悄悄联系张胜，想和他联手把＿＿＿＿＿＿杀死。

6. 苏武到达北海后，象征使者身份的＿＿＿＿＿＿从不离手，不论是放羊还是睡觉，他都紧紧握着。

二、问答题

1.《李寄斩蛇》中的李寄为什么会被邻居称为“假小子”？

＿＿＿＿＿＿＿＿＿＿＿＿＿＿＿＿＿＿＿＿＿＿＿＿＿＿＿＿＿＿

＿＿＿＿＿＿＿＿＿＿＿＿＿＿＿＿＿＿＿＿＿＿＿＿＿＿＿＿＿＿

2.《田螺姑娘》中上天为什么会指派田螺姑娘下凡？

＿＿＿＿＿＿＿＿＿＿＿＿＿＿＿＿＿＿＿＿＿＿＿＿＿＿＿＿＿＿

3.《彭娥诉怨》中的“石鸡山”由何而来？

＿＿＿＿＿＿＿＿＿＿＿＿＿＿＿＿＿＿＿＿＿＿＿＿＿＿＿＿＿＿

考点透视二

一、填空题

1.《周处除三害》中的三害说的是城外山上的__________和水中的__________以及力大无穷的周处。

2.《周处除三害》中周处改过自新后，拜__________、__________为师，最后成为一代名将。

3. 通过《寒食节的传说》我们知道晋国内乱结束后，__________成了国君，也就是历史上著名的__________。

4. 鲁班将木艺发扬光大，成就突出。为此，土木工匠都尊称鲁班为"____________"。

二、问答题

1.《济公抢亲》中"飞来峰"由何而来？

____

____

____

2.《神笔廉广》中的老人送给廉广一支什么样的笔？

____

____

3.《莫邪投炉》中铸炼宝剑需要哪三个必不可少的条件？

____

考点透视三

一、填空题

1. 阿诗玛的故事是____________民间传说。

2. 古都洛阳盛产牡丹，因此洛阳又被称为“____________”。

3. 焦骨牡丹因为经过熊熊烈火的焚烧，花色红艳如火，也被称为“__________________”。

4. 祝英台带着“书童”前往杭州有名的____________学习。

5.《苏小妹三难新郎》中苏小妹是__________的妹妹，她是有名的才女，嫁给了才子____________。

二、问答题

1.《黄狗鸣冤》一文中，狄仁杰通过什么方法引出了凶手？

____

____

2.《柳毅传书》一文中，龙女嫁给泾河二公子后都遭遇了什么？

____

3.《郑板桥巧断家务事》中的老妇人指出自己的儿子有哪些不孝的行为？

____

4. 霹雳大仙都教会了沉香什么？还送给了他什么宝物？

____

考点透视四

一、填空题

1.《精卫填海》中炎帝有一个女儿，名叫__________。

2.《精卫填海》中女娃准备独自前往__________看日出，然后等日落。

3.《麻雀报恩》中，获救的麻雀叼着一颗__________放在老二家的窗台上，就飞走了。

4. 人们为纪念尤伯，将他泪水滴成的山洞叫作"__________"。

5.《彝族火把节的传说》中阿巴让母亲用一块__________去招待阿比。

6.《茶祖宗》中茶农们认为那十八株茶树，是"__________"的祖宗。

7.《状元碰壁》一文中，一位富家子弟侥幸中了__________，便自认为自己是天下第一了。

二、问答题

1.《猴鼓舞》中的小儿子在知道母亲去世后，都有哪些表现？

____

____

2.《日月潭》中恶龙的到来，让当地发生了什么变化？

____

3. 升平公主为什么不愿意去给郭子仪贺寿？

____

4. 华佗为什么要给病人砒霜吃？

____

参考答案

考点透视一

一．填空题

1. 结绳记事　2. 草药

3. 掌上明珠　4. 赶山鞭

5. 虞常　卫律　6. 节杖

二．问答题

1. 因为李寄的父亲重男轻女，所以她自幼爱扮男孩装束，生活中处处学男孩模样，她不光喜欢读书，还喜欢击剑。

2. 因为天帝感念谢端自幼父母双亡，无亲无故，见他勤劳善良，安贫乐道，就派水素女下凡替他分忧。

3. 传说，被彭娥丢下的水壶，最后化成一个形状像鸡的巨石，“石鸡山”因此得名。

考点透视二

一．填空题

1. 白虎　蛟龙　2. 陆机　陆云

3. 重耳　晋文公　4. 祖师爷

二．问答题

1. 为了防止“飞山”随意活动，当地的百姓们在山崖上凿出了五百尊罗汉。从这以后，这座山峰就再也不飞了。因为它是从别的地方飞来的，所以百姓们都叫它“飞来峰”。

2. 送给他一支神笔，非常灵验。它能画出心中所想。画条鱼，入水就能游；画只鸟，展翅就飞入山林；画朵花，马上就散发出迷人的花香；画个粮仓，里面的米就取之不竭。

3. 质地上好的精铁、合适的火候和高超的冶炼术。

考点透视三

一 . 填空题

1. 彝族

2. 花都　3. 洛阳红　4. 万松书院

5. 苏轼　秦少游

二、问答题

1. 狄仁杰通过发布假的公告，把死者说成强盗，准备当面奖励杀死死者的人，来引出案件的真正凶手。

2. 泾河二公子不务正业，又听不得龙女的忠言，便每天折磨龙女。龙女向婆婆诉苦，婆婆却偏袒儿子，还罚她去放牧。

3. 儿子经常打骂自己，不给自己饭吃，还和儿媳密谋毒死自己。

4. 在大仙的指导下，沉香学会了百般武艺，成功出师；大仙赠给他一柄萱花开山神斧。

考点透视四

一、填空题

1. 女娃　2. 东海　3. 西瓜籽

4. 老尤洞　5. 铁　6. 龙井茶　7. 状元

二、问答题

1. 小男孩用兽皮蒙住一截空树筒，并将其围在腰间，他不时举起这个兽皮鼓，叫着、跳着。

2. 两条恶龙吞掉了天上的太阳和月亮，那里一片死寂，没有了生机，人们怨声载道、唉声叹气。

3. 因为升平公主认为自古以来都是臣子叩拜君王，她身为金枝玉叶，怎能随随便便向大臣叩头？更何况文武百官都去了，她便更不能去了。

4. 因为这人有鼓胀病，必须以毒攻毒才好，吃砒霜能治好他。